世にもふしぎな動物園

目次

馬の耳に殺人

東川篤哉

0

痩《や》せた眼鏡の男、白崎《しろさき》は若い制服巡査の前で語りはじめた。

「あれは昨日の深夜零時ごろの出来事です。僕はここにいる大田《おおた》と二人で、すぐそこの車道を歩いていました。――え、なぜ、そんな時刻にって？　では、そこから説明しましょう。僕ら二人は、大田の運転する車でこの片田舎《かたいなか》に遊びにきたんです。車中で寝泊りする貧乏旅行ですがね。もちろん夜はビールで乾杯です。ところがクーラーボックスの中にあったビールは、あっという間に飲んじゃいましてね。まだ飲み足りないってことになって、新しいビールをコンビニで調達することにしたんです。こんな田舎町にも、ちょっといけばあるんですねえ、コンビニが。だけど、もう酔っているから車じゃ買いにいけない。それで男二人、深夜の散歩とばかりに夜道をてくてく歩きはじめたってわけです。空には丸い月が出ていて、あたりを照らしていました。僕らは程度の低い雑談をしながら、人も車も通らない一車線の道路の真ん中を進みました。すると、そのときです。突然、前方でヒヒンと馬のいななくような声がしたんです。しかし、いくら田舎だからって深夜の車道に馬なんているわけが——と半笑いになりながら僕が前を向くと——うわぁ、いた！　実際いたんですよ、正真正銘の馬が！　しかも驚いたことにその馬、僕らのほうに向かって車道を駆けてくるではありませんか。それも結構なスピードです。身の危険を感じた僕らは、二人してその場で立ちすくみました。どっちに避けていいのか、一瞬迷ったからです。——な、大田！」

　同意を求められた大田は、日焼けした顔を何度も縦に振った。

「ええ、そうなんですよ。馬は一直線に僕らのほうに駆けてきました。黒か茶色の馬で、乗っていたのは男です。そいつは競馬のジョッキーのように猛然《もうぜん》と馬を走らせています。まるで僕らの姿など眼中にないかのようです。『危ない！』と同時に叫んだ僕らは、お互い左右に飛び退《の》いて、なんとか馬をかわしました。当然、僕と白崎は驚きの表情です。すると今度はそこに、また別の男があたふたと走ってやってきました。どうやら男は、先ほどの馬を追いかけている様子です。僕らの姿を認めると、男はなんだかバツが悪そうに俯《うつむ》き加減になり、何もいわないまま馬の後を追っていきました。僕らは馬とジョッキーと、それを追いかける男の姿を、ただ呆然《ぼうぜん》と見送るばかり。『なんだ、いまのは？』『サッパリ判《わか》らん』などと首を傾《かし》げながら、僕らは再びコンビニへの道を歩きはじめました。歩き出してひとつ判ったことは、その車道の傍《かたわ》らにある建物が乗馬クラブだということでした。門のところに清水《しみず》乗馬クラブという看板が見えましたからね。『なるほど、それじゃあ、さっきの馬はクラブの所有する馬なんだな』『それにしても、なぜ深夜に馬を走らせるんだ？』と、そんな会話を交わしながら、僕らはその門前を通り過ぎたんですが――」

ひと通りの出来事を語り終えた二人は、揃って制服巡査へとにじり寄った。

「今朝になって知りました」

と白崎がいった。「あの付近で男が死んだそうですね」

「町の人に聞いた話ですが」

と大田がいった。「乗馬クラブの関係者だそうですね」

問われた若い巡査は、興奮を抑えられない表情で真っ直ぐに頷《うなず》いた。

1

それは、ごくありふれた田舎での出来事――いや、違う。ありふれた田舎なんて嘘。ていうか、私の虚栄心《きょえいしん》。恥を忍んで正直にいうと、そこは関東周辺では滅多《めった》にお目にかかれないようなド田舎だ。詳しい地名を明かして、地元住民と余計な軋轢《あつれき》を生むのは嫌なので、それは伏せる。とりあえず千葉県は房総《ぼうそう》半島の外れにある、限りなく「村」に近い「町」とだけいっておこう。紺碧《こんぺき》の海と深い緑の山々が国道一本を境にして隣接する辺鄙《へんぴ》な町。その少し内陸に入った場所での出来事だ。

舗装された道路を右に曲がると馬がいた。馬はただ一頭で道端の草を食《は》んでいた。

私はまるで枝に止まるカラスでも見つけたように、「あ、馬だ……」と普通のトーンで呟《つぶや》いた。

私、蛇《へび》や蛙《かえる》は怖いと思うし、知らない人間も結構苦手。だけど馬は全然怖くない。

なぜなら私の家は、この町で小さいながらも牧場を経営している酪農家《らくのうか》。同じ集落には同業者も何軒かあるし、乗馬クラブもあったりするので、子供のころから牛や馬には慣れている。

もっとも、通学途中の路上で馬に遭遇したのは初めてだけれど――

私の名は陽子《ようこ》。この春から地元の無名県立高校に通いはじめたばかりの一年生。クラシックなセーラー服に白いカーディガン。肩には重たいスクールバッグ。リボンで結んだポニーテールを揺らしながら、この日も元気に登校中だった。

四月の朝日を浴びながら自宅を出た私は、歩くことすでに十分。学校まではあと二十分の道のりを残すばかりだ（つまり通学に片道三十分！）。そんなとき目の前に現れたのが、一頭の馬だった。

黒鹿毛のサラブレッドだ。道端に繋がれているのではなく、人に曳かれているわけでもない。鞍《くら》は装着しているが、馬上に乗り手の姿はない。いわゆるカラ馬だ。私は慎重に歩み寄ると、まずは手綱《たづな》をしっかり握って、馬の様子を観察した。

五百キロ程度はありそうな黒い馬体。白い靴下を履いたような四肢。私の髪型によく似たふさふさの尻尾《しっぽ》。額に浮かぶ流星の形に見覚えがある。私は彼に尋ねた。

「ひょっとして君、ロックじゃない？　清水さんちの」

彼はヒヒンといいななき、頷くように首を縦に振った。やっぱりそうだ。清水さんの家は、我が家の近所。夫婦で数名の従業員を雇い、乗馬クラブを経営している。ロックはそこで飼われている乗用馬。きっと何かの手違いでクラブの敷地から逃げ出したのだろう。動物を飼育していると、そういうことは稀《まれ》にある。うちの牧場なんて、しょっちゅうだ。

「でも、困ったなあ。このまま放っておくわけにもいかないし……えへ」

ふと企《たくら》むような笑みを浮かべた私は、運良く空車のタクシーを拾った気分。

ひょっとすると残り二十分の道のりは、自分の足で歩かずに済むかもしれない。不埒《ふらち》な願望を抱く私は、ロックの首筋を優しく撫《な》でてやりながら、

「ねえ、ロック、これからうちの学校にこない？　いや、遠慮しない遠慮しない。私を乗せてってくれれば、それでいいんだって。ね、あとでニンジンあげるからさ」

するとロックは再び頷く仕草。——だったら乗りな！　というように白い鼻《はな》面《づら》を背中の鞍へと向けた。

「え、乗っていいの？　わーい、ありがとうロック！」歓び勇んで彼の横に回った私は、あぶみ（乗り手が足を掛ける金具）に片足を掛けて「えいッ」と一声。たちまち彼の背中に図々しく跨《また》がった。偶然だけど、あぶみの長さも私の足にピッタリ。あとはもう、彼の腹を軽く蹴って合図を送るだけでよかった。

「はい、前へ進めッ……そうそう、その調子……」

さすが調教の行き届いたサラブレッド。ロックは私の指示に従って、蹄鉄《ていてつ》を鳴らしながら車道をゆっくり歩き出す。馬上の私は両手で手綱を握りながら、背筋をピンと伸ばした。「——うふ、何度見ても、いい眺め！」

馬の背中から見下ろす景色は、大好きな非日常の世界。普段、同級生を見上げてばかりの小柄な私にとって、これほどテンションの上がる眺めはない。

だが、そう思った次の瞬間、私の視界はいきなり百八十度反転。気付けばロックは路上で方向転換して、いまきた道を逆向きに歩きはじめていた。

「わ、駄目だよ、そっちは学校じゃないってば……」

だが手綱を引こうが何しようが、ロックはこちらの指示を完全無視。自らの居場所である清水乗馬クラブへの道を勝手に歩いていく。私は鞍に跨ったまま、溜め息をつくしかなかった。

「ま、仕方ないか。このまま学校にいっても、駐輪場に馬を繋いどくわけにはいかないしね」

だけど、こんなことしてたら完全に遅刻だよ。ああ、なんで朝っぱらから迷い馬なんて見つけちゃったんだろ。ていうか普通、通学路に迷子の犬はいても、迷子の馬なんている？　いったい、どんだけド田舎なのさ、この町は……。

手綱を握りながらブツブツと不満を呟く私。そうこうするうち、視界の先に乗馬クラブの建物が見えてきた。

──さっさと馬を返して、早く学校にいかなきゃ！

だが、そんな私の決意をあざ笑うように、そのとき再び目の前の視界が九十度の角度で右にターンする。乗馬クラブを目前にして、馬はなぜか狭い脇道へと入っていく。私は慌てて手綱を手前に引いた。

「わあ、駄目だよ、ロック。そっちにいったって何もないって！」

脇道の入口は舗装された道路。だが、その先は獣道《けものみち》にも似た山の小道だ。数百メートルほどいけば、「黒沢沼《くろさわぬま》」と呼ばれる沼地があるが、まさか沼の水が飲みたいわけではあるまい。いったいロックはどこに向かっているのか。馬上で焦ってオロオロする私。すると小道に入る手前、地面の舗装が途切れるあたりで、ようやく彼は足を止めた。

「ホッ、助かった」胸を撫で下ろして、私は鞍から飛び降りる。「まったく、もう！　ロックったら、全然いうこと聞いてくれないんだから！」

手綱を摑《つか》んだまま、厳しい視線をロックに向ける。しかし馬耳東風《ばじとうふう》とは、このことか。彼は私の言葉など意に介さない様子で、道端の草むらへと太い首を向ける。と、そのとき私の視界の端に奇妙な物体が映った。

——ん、いまのは何？

再び草むらに視線を向けて、まじまじと目を凝《こ》らす。伸び放題になった道端の雑草。それに混じって見えるのは、どうやら運動靴を履いた人間の足だ。誰かが草むらの中に倒れているらしい。背の高い雑草を掻き分けるようにして、こわごわ覗《のぞ》き込んでみる。

瞬間、私の喉《のど》から「——ひぃッ」という引き攣《つ》った声が漏れた。

倒れていたのはジーンズに長袖の作業着を着た小太りの男。だが、ただ倒れているのではない。男の額は硬いもので打ち据えられたように、ぱっくりと割れていた。顔面とその周辺の地面は、傷口から流れ出た血の色で染まっている。驚きと恐怖に囚われた私は、不謹慎《ふきんしん》とは思いつつ、落ちていた小枝を手にして男の身体を突付《つつ》いてみる。反応はまったくない。突如として現れた異常な現実を前にして、とうとう私はあられもない悲鳴を発した。

「ぎゃあぁぁぁぁ——ッ」

叫ぶと同時に、私はもう馬の背中に飛び乗っていた。手にした小枝を鞭《むち》のようにして、彼の大きなお尻をピシャリと叩く。ヒヒンといないて後ろ足で立ち上がったロックは、次の瞬間、競走馬だった昔を思い出したかのようなロケットスタート。振り落とされないよう、私は両足に力を込めて必死で手綱にしがみつく。疾走《しっそう》する黒いサラブレッドと、それに跨るセーラー服の少女。耳の奥で鳴り響くBGMは『暴れん坊将軍』のテーマ曲だ。波打ち際で馬を駆る松《まつ》平健《だいらけん》ばりの手綱さばきで、私は懸命にロックを走らせた。

すると彼も私の意図を汲《く》み取ったのだろうか。迷うことなく真っ直ぐに清水乗馬クラブへと戻っていった。

正門から敷地の中へと飛び込んでいくロック。その姿を見つけて、厩舎《きゅうしゃ》の中からひとりの髪の長い女性が姿を現した。三十代半ばのスリムな彼女は、真っ赤なジャージ姿。馬上に私の姿を認めると、「どうしたの、陽子ちゃん⁉」といって、こちらに駆け寄ってきた。

彼女の名前は清水美里《みさと》さん。夫の隆夫《たかお》さんとともに、この乗馬クラブを切り盛りする美人の奥さんだ。美里さんは私と馬とを交互に見やりながら、ホッと安堵の表情を覗かせた。

「この馬、ロックじゃないの！　ああ、良かった。朝起きたら、ロックの馬房《ばぼう》がカラッポだったんで、びっくりしていたのよ。寝床にはうちの人の姿も見えないから、たぶん彼が乗って出たんだろうとは思っていたけれど――あれ、でも変ね。じゃあ、なんでロックに陽子ちゃんが乗ってるの？　うちの人から、何かいわれた？」

「いえ、そうじゃありません」私は鞍から降りると、いましがた彼女が口にした言葉を確認した。「じゃあ、隆夫さんはここにいないんですね。出掛けているんですね！」

「ええ、そうみたい。私が起きたときには、もう自宅にもクラブの建物にも姿が見えなくて……どうしたの、陽子ちゃん？」不吉な事態を予感したのだろう。表情を曇らせた美里さんは、不安げな声で聞いてきた。「あの人の身に何か？」

答えに窮《きゅう》する私は、いまきた道を指差しながら、「隆夫さんによく似た人が……すぐそこの脇道で倒れていて……」と声を震わせた。死んでいます、とは怖くていえなかった。

「え、何ですって……嘘でしょ……!?」切れ長の目をカッと見開く美里さん。

そして彼女は私の指差す方角に向けて、頼りない足取りで駆け出していった。

2

警察の取り調べを受けたお陰で、学校への到着は二時間ほども遅れた。もちろん事情が事情なので、先生からも文句はいわれない。続報があったら教えてね、と逆に変な期待をされた。同級生たちも何かと事件の話を求めてきたが、私だって詳しいことはよく知らない。彼らの野次馬根性を満足させるためにも、情報収集に努める必要があることを痛感した私だった。

そうして迎えた放課後——

私は再び片道三十分の道のりを歩いて自宅に戻った。『牧《まき》牧場』という読みにくい看板を掲げた正門から敷地に入る。すると目の前に制服巡査の姿。駐在所勤務の中園《なかぞの》巡査だ。駆け出し警官の彼は、制服を脱げば大学生かと見紛《みまが》うような若さだが、仕事には情熱を持って取り組むタイプだ。そんな彼がこのタイミングで現れたということは――「ははん、さては中園さん、今朝の事件について、私に何か聞きたいことでも？」

「やあ、実はそのとおり」若い巡査は片手を上げて微笑《ほほえ》んだ。「陽子ちゃんが死体発見に至った経緯を、ぜひ聞きたいと思ってね。今朝は詳しく話を聞く暇がなかっただろ」

美里さんがご主人の亡骸《なきがら》を確認した直後、私は自分の携帯から一一〇番通報した。真っ先に現場にやってきたのは中園巡査だった。だが現場保存の仕事を優先する彼は、私から直接話を聞くことができなかったのだ。

「でもさ、詳しい説明なら刑事さんたちの前でしたよ。同じ話を何度も何度も。あの人たちから聞けばいいじゃない」

「いやいや無理無理！　彼らは県警の刑事たちだ。僕のことなんか相手にしてくれるはずないよ。片田舎の駐在所に勤務する、何の取り柄もない駆け出し巡査なんてさ……」

「ああ、そっか。確かにそうだね」と馬鹿な私がうっかり頷いたので、その場の空気は耐え難いほどにドンヨリしたものになった。私は澱《よど》んだ空気から逃げ出そうとするように、「ね、ねえ、あっちいって話そうよ」と離れた場所にある囲い場へと無理やり足を向けた。

白い柵で囲われたスペースでは、栗毛《くりげ》の馬が一頭、干草《ほしくさ》を食べているばかり。これなら誰にも聞かれる心配はない。私は木製の柵に背中を預けながら、中園巡査に向かって頷いた。

「判った。私が知っていることは、全部話してあげる。その代わり、中園さんが知っていることも話してよね。いくら県警の刑事から虫けら扱いされているったって、仮にも警察官なんだから多少の情報は持ってるんでしょ。それを教えてほしいの。——いい？」

「あ、ああ、可能な範囲でなら——って、え」中園巡査は腑《ふ》に落ちない様子で、眉毛を八の字にしながら、「虫けら扱い⁉　それ、僕のこと⁉」

そういえば『虫けら』とは誰もいってなかったか。私は自らの失言を誤魔化《ごまか》すように「じゃあ、よく聞いてね」といって一方的に今朝の出来事を話しはじめた。中園巡査は真剣な表情で、その話を聞いていた。おそらく片田舎の駐在所勤務に飽き足らない彼は、地元で発生した今回の事件を千載一遇《せんざいいちぐう》のチャンスと見て、なんとか手柄を立てたい一心なのだろう。手柄を立てれば、県警は無理としても所轄《しょかつ》の刑事課ぐらいの道は開けるかも。そう思えばこそ彼は私の無茶な提案にも、迷うことなく乗ってきたのだ。

ひと通りの話を終えた私は、中園巡査に聞いた。「何か質問とか、ある？」

「うん、ひとつある。なぜ、馬を走らせるときのＢＧＭが『暴れん坊将軍』なんだ。君の世代じゃないだろ？」

「え、そこ大事？」質問がくだらな過ぎて答える気にもならないぞ、中園巡査。「パパが好きなの、時代劇が。――じゃあ、今度は私が質問する番ね。えっと、まず隆夫さんが亡くなったのは、いつごろのことなの？　今朝なのか、それとも夜中のうちか？」

「夜中のうちだね。たぶん日付が変わる前後だ」

「誰かに殺されたの？　それとも事故？　まさか、あの状況で自殺はないと思うけど」

「ああ、自殺の線はない。現在は殺人と事故の両面から捜査が進められている」

まるで報道番組の常套句《じょうとうく》のような言い方だ。私はふとした疑問を差し挟む。

「だけど死体は額に傷を負っていたはずだよね。あれは誰かに硬い物で殴られた傷のようだった。だとしたら事故じゃなくて殺人って話になると思うんだけど」

「ああ、僕も死体をひと目見て思った。『やった、これは殺人事件だぞ』ってね」

「そう。だけど『やった』って思っちゃ駄目なんじゃないの？　仮にも警官なんだから」

「あ、そ、そうか」慌てて左右を見渡す中園巡査。だが近くで聞いているのは囲いの中の馬一頭だけ。ホッと胸を撫で下ろして、彼は声を潜《ひそ》めた。「実は、その額の傷が問題でね。棒か何かで殴られた傷のように見えたと思うんだけど、実際はそうじゃない。どうやら、あれは馬の蹄鉄による傷らしいんだな。要するに、隆夫さんは馬に蹴られて命を落としたってわけだ。だとすれば、これは事故の可能性が高い。もちろんその場合、隆夫さんを蹴り殺した容疑者、いや容疑馬は、翌朝に道端をさまよっていたロックってことになる」

「ロックが隆夫さんを！」私は思わず素《す》っ頓狂《とんきょう》な声。「嘘だよ、そんなの濡れ衣だよ」

「なに、濡れ衣かどうかはすぐ判るよ。ロックの蹄鉄を調べて、そこから隆夫さんの血液反応が出れば、それで決まりだ。で、これは清水牧場の美里さんに聞いた話だが、実際、県警の刑事さんたちは、彼女の目の前でロックの蹄鉄を外して持ち帰ったらしい」

「ふうん。それで血は付いていたの？　ロックの蹄鉄に」

「美里さんの話によれば、確かにロックの蹄鉄のひとつに、赤い色素が薄《うっす》らと付着していたらしい。右前脚の蹄鉄だ。それが隆夫さんの血液かどうかは、いまごろ県警の鑑識が詳しく調べているはずだけど、まあ、たぶん間違いないんじゃないかな」

そして中園巡査はひとつの仮説を語った。

「例えば、こういうケースが考えられる。隆夫さんは昨日の深夜、奥さんが寝た後に、ひとりでロックに乗って乗馬クラブを出ていった。ロックと隆夫さんは、やがて例の脇道へとたどり着く。そこで隆夫さんはロックの背中から降りた。あるいはロックが暴れて振り落としたのかもしれないな。隆夫さんはロックを宥《なだ》めようとする。だが、暴れるロックの右前脚が運悪く隆夫さんの額を直撃して――というわけだ」

「なにが『というわけだ』よ！」憤慨《ふんがい》する私はポニーテールを左右にブンブン揺らしながら、「そんなの、ただの作り話じゃない。そもそも、なんで隆夫さんが深夜に馬に乗って、こっそり出掛けるのよ。中園さんは、そんな話で納得するわけ？」

「え⁉ いやいや、もちろん僕は納得いかないさ。だから、こうして陽子ちゃんの話を聞きにきたんじゃないか。いま僕が話した推理は、つまらない田舎の事件などさっさと片付けて都会の重大事件に戻りたいと願ってばかりの県警の刑事たちの見解だ。彼らは、きっとそういうふうに考えているに違いないってことさ」

「んー、それはちょっと偏見が過ぎるんじゃないかな。県警の刑事さんたちだって、きっと真剣に考えていると思うよ……」と私は見知らぬ刑事さんたちに気を遣った発言。「それにさ、刑事さんたちは殺人の可能性もいちおう疑っているんだよね。それはなぜ？」

「うん、これは本当に、ここだけの話にしておいて欲しいんだけど。といっても、狭い田舎町だから噂はすぐに広まるだろうけど――」といって中園巡査は再び声を潜めた。「実は、清水乗馬クラブの従業員の中に、今朝から連絡の取れなくなっている男がいてね。村上直人《むらかみなおと》という若い男だ。陽子ちゃんも顔ぐらいは知ってるんじゃないかな？」

「ひょっとして、モデルみたいに背が高くて髪が長いインストラクター？　ああ、その人なら知ってる。クラブの会員たちにも大人気のイケメンさんだよね」

「そう、その彼だ。清水乗馬クラブは昨日が休日で、今日は営業日。だから黙っていても仕事場にやってくるはずなんだが、彼だけがこない。『携帯も繋がらないんです』って、美里さんも困惑していた。県警の刑事たちも、村上の行方を気にしているはずだ。いや、だからといって、彼が事件と関わりがあると決め付けるのは早計なんだが――おや!?」

そのとき中園巡査の口から、ふいに怪訝《けげん》そうな声。その視線は牧牧場の正門のほうへと真っ直ぐ注がれている。見ると、そこには若い男が二名。門の中を覗き込むようにして、こちらの様子を窺《うかが》っている。ひとりは眼鏡を掛けた痩せ型の男。もうひとりは体格の良い日焼けした男だ。私は両手をメガホンにして、見知らぬ二人組にいきなり声を掛けた。

「そこの、お二人さーん、うちに何か御用ですかー?」

瞬間、二人はビクリとした表情。だが意を決したように、揃って門の中に足を踏み入れると、私たちのいる囲い場のほうまで真っ直ぐ歩み寄ってきた。近くで見ても、やはり知らない顔だ。この町の人間ではない気がする。垢抜《あかぬ》けた服装は、都会から訪れた旅行者を思わせた。キョトンとする私たちを前に、まずは眼鏡の男が口を開いた。

「怪しい者ではありません。僕らは千葉市内から遊びにきた大学生です」

やはり思ったとおり都会からの旅行者だった(千葉市は都会に含まれるはずだ)。

痩せた眼鏡の男は白崎。体格の良い日焼けした男は大田と名乗った。

「地元の警察の方ですよね」と大田が尋ねる。中園巡査が頷くと、彼は日焼けした顔を近づけながら、「ちょっと昨夜のことで、お耳に入れておきたいことがありまして」

「はあ、昨夜のことというと?」中園巡査はポカンとした顔だ。

すると白崎のほうが声を潜めていう。「実は僕ら見たんですよ。昨日の深夜、路上を猛スピードで駆けていく馬をね。いや、見たなんてもんじゃない。もう少しで僕ら、危うく蹴り殺されるところだったんです。まあ、聞いてもらえますか」

痩せた眼鏡の男、白崎は若い制服巡査の前で語りはじめた。

そして瞬《また》く間に数分が経ち――

ひと通りの出来事を語り終えた二人は、揃って制服巡査へとにじり寄った。

「今朝になって知りました」

と白崎がいった。「あの付近で男が死んだそうですね」

「町の人に聞いた話ですが」

と大田がいった。「乗馬クラブの関係者だそうですね」

二人の話を聞いた若い巡査は、興奮を抑えられない表情で頷いた。

「ああ、確かに昨日の深夜、馬に蹴られて男が死んだ。君たちの見た光景は、まさにその事件が起こる直前の場面だろう。——君たち、その二人の男の特徴を詳しく教えてくれないか。馬に乗っていた男と、それを走って追いかけていった男。それぞれの特徴を」

質問に答えて白崎がいった。「馬に乗っていたのは、髪の長い痩せ型の男で……」

「それを追いかけていたのは、小太りの中年男でしたね」と大田が続けた。

「なんだって⁉」中園巡査は困惑した表情で顎《あご》に手を当てた。「その小太りの中年男というのは、おそらく亡くなった清水隆夫さんに違いない。じゃあ、馬を走らせていた髪の長い痩せ型の男というのは、いったい——あ、そうか、インストラクターの村上直人！」

パチンと指を鳴らした中園巡査は、その指先を二人の大学生へと向けた。

「君たち、悪いが僕と一緒にきてくれ。いまの話を刑事さんたちの前でしてほしいんだ。——あ、陽子ちゃんも、ありがとね。お陰で出世の、いや解決の糸口が見つかりそうだよ」

偽《いつわ》らざる本音を覗かせる中園巡査は、二人の大学生を連れて、その場を去っていった。

残された私は白い柵の内側へと向き直る。目の前には一頭の栗毛の馬。私は語りかけるようにポツリと呟いた。

「本当にロックが隆夫さんを殺したのかなあ？」

しかし栗毛の馬はピクリと耳を動かしただけ。黙ってバケツの水を飲むばかりだった。

3

それから一週間は瞬く間に過ぎた。だが事件が解決したという噂は聞かない。事件はいまどういう状況なのか。そう思いはじめたころ、再び中園巡査が牧牧場にやってきた。私は再び囲い場の前で中園巡査に情報を求めた。

「ねえ、あれから捜査は進展してるの？」

「いや、それがなかなか……」と彼は浮かない様子で首を左右に振った。

あの後、大学生二人組は県警の刑事たちの前で、例の目撃証言を語ったそうだ。当然、捜査線上に村上直人の名前が急浮上した。清水隆夫殺しの重要な容疑者と見なされたのだ。

「事件の概要は、たぶんこんな感じだったんじゃないかな」といって中園巡査は自らの推理を語った。「詳しい事情は判らないが、事件のあった深夜、村上直人は乗馬クラブの馬房からロックを連れ出した。清水夫妻の了解を得ず、こっそりとだ。一種の馬泥棒だな。だが、そんな村上の行動に、たまたま隆夫さんが気付いた。隆夫さんはその後をひとりで追いかけた」

いった。村上はロックに跨り、乗馬クラブの門から路上へと飛び出して
「それが大学生たちの目撃した場面ってことだね」

「そう。問題はその後だ。ロックに乗った村上と、それを追う隆夫さんは、例

の脇道へと入っていったんだろう。そこで何が起きたかは、あくまで想像の域を出ないんだが——おそらく村上は隆夫さんに対して、ロックをけしかけたんじゃないだろうか。村上の乗ったロックが隆夫さんを襲ったわけだ。結果、ロックの右前脚が隆夫さんの額に命中。隆夫さんは草むらに倒れて絶命した。一方の村上はロックを乗り捨てて、どこかへと逃走した。翌朝、カラ馬になったロックを陽子ちゃんが確保し、そして草むらの死体を発見したってわけ。——どうだい、まあまあ筋が通っているだろ」

「うーん、なるほどね。それならロックが隆夫さんを蹴り殺したって話も、いちおう納得できるか……」確かに蹴ったのはロック。だが悪いのは彼じゃない。そう仕向けた乗り役、村上直人のほうだ。一枚目インストラクターの顔を脳裏に思い描いた私は、胸の奥で熱い怒りをたぎらせた。「それで、村上の行方は、その後どうなったの？」

「さあ、それがいっこうに摑めないから困っているんだよ」中園巡査は囲い場の柵にもたれながら嘆息した。「事件からすでに一週間だ。いまごろ村上は千葉市内か、あるいは東京あたりに出て、雑踏の中に紛れ込んでいるんだろう。

少なくとも、この町に潜伏している可能性は限りなくゼロに近い。もう捜すべきところは、すべて捜しつくしたからね」

「うーん、確かにそうだよねえ」呟きながら溜め息をつく私の耳に、そのとき風に乗って聞こえてくる、ひとつの声があった。

――ホンマにすべて捜したんか？

いや、そんな声が本当にあったのか、それとも単なる空耳なのか、自分にも正直よく判らない。だが気が付けば私は、その声を反芻《はんすう》するように自然と口を開いていた。「――黒沢沼をさらってみたら、どや？」

「どや？」キョトンとした顔で、中園巡査が私の顔を覗き込む。「陽子ちゃん、いま『どや』っていった？　あれ、陽子ちゃんって関西弁キャラだったっけ？」

「え!?」私はポニーテールがちぎれるほどに激しく顔を振った。「いやいや、違うの。いまのは私じゃないから。口に出したのは私だけど、たぶん違う人のいったことで……」

「違う人？」中園巡査はますます不思議そうな顔で、左右を見渡した。「ここには僕と陽子ちゃんしかいないけど。ひょっとして通りすがりの関西人でもいた？」

「ううん、いなかったと思う。——いまの発言は忘れて、ね、忘れてよ！」

「まあ、忘れてあげてもいいけど、いや待てよ、黒沢沼か」中園巡査はふと引っ掛かるものを感じたように、顎に手を当てた。「そういや、隆夫さんの死体が発見された脇道は、あのまま真っ直ぐいけば黒沢沼に続くんだよな。てことは、隆夫さんを殺した村上が、そのまま黒沢沼に向かった可能性も考えられるわけだ。むむッ、もしかすると……」

囲い場を背にして黙考する中園巡査。やがて彼は何かの閃《ひらめ》きを得たように顔を上げると、「ありがとう、陽子ちゃん、参考になったよ」と一方的に感謝の言葉。そしていきなり踵《きびす》を返すと、「じゃあ、僕は仕事があるから」といって、その場を立ち去っていった。

「ゴメン、あんまり参考にしないでねー」

そう叫びながら私は中園巡査を見送った。

遥か遠くに消えていく制服巡査の背中。それを待って私は白い柵の中へと向き直る。

囲い場の中には一頭の栗毛馬。牡《おす》のサラブレッド、十五歳。私と同い年の彼の名はルイスという。大半のサラブレッドがそうであるように出身は北海道。ただし現役時代は滋賀県にある栗東《りっとう》トレーニング・センターで稽古を積み、主に関西の競馬場を主戦場としていた。すなわちルイスは競馬用語でいうところの関西馬なのだ。「でも、まさか、そんなわけないか……」

呟きながら、私は問い詰めるような視線をルイスへと向ける。

彼は表情を隠すように、その長い顔を干草の山へと突っ込んだ。

関西弁の主が誰であるかはともかくとして、謎のお告げには確かな効果があったらしい。

あれ以来、中園巡査は暇を見つけては黒沢沼に通い、懸命に沼底を捜索した。その努力が報われたのは、事件から三週間ほどが経過した五月のことだ。中園巡査が沼に差し入れた竿《さお》の先に、突然確かな手ごたえ。そうして引き上げられたのは、男性の死体だった。沼の魚たちに散々食い散らかされた腐乱死体は、見るも無残な状態。死因の特定もままならないまま、その亡骸は近くの大学病院で詳しく調べられることになったという。

「だが、あれが村上直人の死体だってことは間違いない」お手柄の中園巡査は得意顔で私に報告してくれた。「陽子ちゃんのお陰だ。黒沢沼をさらってみろって、いってくれただろ」

そんなつもりじゃなかったけどね、と私は内心で呟きながら、「うん、確かに私そういった」

「あれでピンときたんだ。僕の推理によれば、村上はおそらく自殺だな」

「え、自殺なの⁉」

「そうさ。この前も話したとおり、事件の夜、村上はあの脇道でロックをけしかけて、隆夫さんを殺した。これは村上自身としても想定してなかった出来事だったに違いない。村上は後悔し、不安になり、そして絶望した。彼はロックに乗って脇道を奥へと進んだ。そこに黒沢沼がある。彼は自らその沼底へと身を投げたんだ。一方、乗り手を失ったロックは、自分の意思でいまきた道を逆戻り。路上をさまよっていたところを翌朝、陽子ちゃんに確保されたってわけさ」

なるほど。その推理を一心に信じて、彼はここ半月ほどを黒沢沼の泥さらいに費やしたわけか。その努力が実を結んだことは、喜ばしいことだけれど、果たして彼の語る推理は正鵠《せいこく》を射ているのかしらん。いささか心もとなく思う私の前で、中園巡査は満面の笑みで片手を上げた。「とにかく、ありがとう、陽子ちゃん。これで僕も駐在所勤務から抜け出す可能性が見えてきたよ。じゃあ、僕はこれで！」

背筋をピンと伸ばして意気揚々と引きかえす中園巡査。その背中が充分遠ざかるのを待ってから、私はくるりと回れ右。目の前にあるのは、例の囲い場だ。白い柵の向こう側には、栗色に輝くルイスの姿。私は両腕を柵に掛けながら、彼に語りかけてみた。

「本当に村上が隆夫さんを殺して自殺したのかなあ。――ねえ、どう思う、ルイス？」

ルイスは答えた。流暢《りゅうちょう》な関西弁で。

「んなわけあるかいな、マキバ子ちゃん、あの男の推理なんてゴミみたいなもんやで」

4

「え、ゴミ!?」それはいくらなんでも言い過ぎじゃないの、と私は思った。仮にも中園巡査は警察官の端くれ。事件解決を真剣に望んでいることは間違いない。確かに犯人が自殺したという結論は若干《じゃっかん》、安易な気がしないでもないけれど――って、「えええええええッ!」

思わず悲鳴を発した私は、数メートルほど後方に飛び退き、もんどりを打つように転倒。そのまま地面にしゃがみ込むと、目を丸くしながら柵の中にいる栗毛の馬を凝視《ぎょうし》した。「――う、馬が、しゃ、喋った!」私は愕然《がくぜん》として彼を指差す。「ルイス、あんた、喋れるの……?」

「なに驚いてんねん、マキバ子ちゃん。あんたが俺に話しかけたんやないか。

そやから、答えてやっただけや。なにも驚くことあらへん。それから、『馬が喋った』っていうてるけど、正確には、あんたが聞こえるようになったんや。馬は昔からずっと喋ってる。ただ人間のほうが、それを聞き取れんかっただけ。特別なんはマキバ子ちゃんの耳のほうやで」

「え、そうなの⁉」ようやく私は立ち上がって、再び白い柵の前へと歩み寄った。「確かに私、馬と喋りたいって、ずっと思ってた。だけど、まさかこんな形で実現するなんて……」

しかも、喋ってみたらこんなにコテコテの関西弁だなんて。驚きを禁じえない私は、柵の向こう側に右手を伸ばしてルイスを手招き。のそのそと歩み寄ってきたルイスは、私の差し出す掌《てのひら》に自ら額を擦《こす》り付けてきた。私が優しく撫でてやると、ルイスはヒヒンともブルンともいわずに、「あー、そこや、そこそこ！　そこ、掻いてーな！」と気色悪いオッサンみたいな言葉を口にする。慌てて右手を引っ込めた私は、険しい視線を彼へと向けた。

「ところでルイス、さっきのアレは何？　中園さんのこと、ゴミだっていってたけど」

「ちょい待ちーな。俺、あの男のことをゴミとは一言もいうてへんで」

「ん、そういやそっか」これはとんだ勘違い。私は正確に言い直した。「そうそう、中園さんがゴミなんじゃなくて、彼の推理がゴミだって、そういったんだった。でも、どういうことよ、ルイス。彼の推理は間違っているってこと？　えー、そうかなあ、まあまあ筋は通っているような気がするけど……」

「いいや、全然やな」ルイスは細長い顔を左右に振った。「俺はこの柵の中で、あんたと中園巡査の会話の一部始終を聞かせてもろた。なかなか興味深い話やったけど、一箇所どうにも腑に落ちんところがある。そこに気付くかどうかが、事件解決の鍵ちゅうわけや」

「腑に落ちないところ⁉　そんなの一箇所どころか、たくさんあったと思うけど……」

　実際、今回の事件は腑に落ちないところだらけだ。なぜ村上直人は深夜に馬を走らせたのか。馬泥棒だとするなら、その目的は何か。隆夫さんはなぜ、それに気付いたのか。そして、なぜ馬に蹴られたのか。村上が馬をけしかけたのだとするなら、なぜ彼はそこまでする必要があったのか。そして、なぜ村上は死ななければならなかったのか。悔しいけれどお手上げの私は、恥を忍んで目の前の馬に聞いた。

「何が事件の鍵だっていうの、ルイス？」

するとルイスの口から意外な答え。「問題は、あぶみの長さや」

「あぶみの長さ⁉」私はキョトンとして聞き返す。「あぶみの長さって、どういうこと？ どの馬のあぶみのことをいってるの？」

「どの馬もこの馬もあらへん。事件に関わる馬はロックただ一頭やないか。ロックのあぶみの長さのことをいうてるんや。ええか、マキバ子ちゃん、あんたは事件の翌朝、通学路をうろついているロックを発見し、その背中に跨った。そのときあぶみの長さは、どうやった？ 長すぎたり短すぎたりしたか。長さを調節するような必要があったんか？」

「ううん、全然。あぶみの長さは偶然、私の足にピッタリで……あれ、変だね」

おかしい。確かに腑に落ちない。私はようやくそのことに気付いた。「事件の夜にロックを走らせていたのは村上直人。それは大学生たちの証言から間違いない。けれど、その村上がロックを乗り捨てたとするなら、あぶみの長さが私に合うはずがない。だって村上は男で、しかもモデルみたいに背が高くて脚も長いんだから……」

「そう。その一方でマキバ子ちゃんは女子高生としても小柄なほうや。なのに、ロックのあぶみの長さはあんたの足にピッタリやった。あぶみの長さは短かったんや。な、おかしいやろ。そんなふうにあぶみを短くした状態で、脚の長い村上がロックに乗るとしたら、どないな体勢になる？　当然、脚を折り曲げて、腰を浮かせ気味に乗ることになるわな。競馬のジョッキーみたいに」

「ジョッキー!?」その言葉に私はハッとなった。「そういえば大学生たちも、そんなことをいってたよね。男は競馬のジョッキーのように馬を走らせていたって」

「そう、いわゆるモンキー乗りというやつや。けど、なんでや？　なんで、村上はそんな特殊な乗り方をしてたんや。ていうか、村上はあくまでも乗馬のインストラクターやろ。乗馬と競馬は似て非なるもんや。モンキー乗りは競馬のプロの乗り方。村上がマスターしてたはずがない。わざわざ真似しようとも思わんはずや」

「確かに。それじゃあ、なぜ村上はあの夜、そんな乗り方を？」

「自分の意思でしてたんやない。村上はモンキー乗りをさせられていたんや。あぶみの長さが短いのは、彼の両脚が折れ曲がったまま硬直していて、真っ直ぐならへんかったから。その折り曲げた脚に合うようにあぶみの長さを調節した結果、それはマキバ子ちゃんにピッタリ合う程度の短さになったちゅうことや。——俺がいってる意味、判るやろ？」

「両脚が折れ曲がったまま硬直して……硬直って、え⁉ ま、まさか……」

私は震える声でいった。「まさか、村上は死んだ状態で馬の背中に跨っていたの⁉」

「そう、そのまさかや。あの場面、モンキー乗りの村上が猛スピードで馬を走らせていた、と大学生二人の目にはそう映ったらしい。けど事実は逆や。猛スピードで走る馬が、その背中に乗っけた死体を揺り動かしたんで、それがまるで生きてるように見えたんや」

「村上はそのときすでに死んでいた。しかも死後硬直がかなり進んでいたってこと？」

「そう、それが俺の推理や。ほな仮に、この推理が当たっていた場合、村上の死体を馬の背中に乗っけたのは誰になる？ もちろん清水隆夫や。ロックは彼の乗馬クラブの持ち馬なんやからな。けど馬に死体を乗っけるのは、ひとりじゃ無理や。死体っちゅうのは滅茶苦茶重いもんらしいからな。協力者がおるはず。それは誰や。当然、奥さんの美里や」

「ええッ、じゃあ、隆夫さんと美里さんが村上殺しの犯人ってことなの……あれ!?」

どうやら事件の様相が反転したお陰で、犯人と被害者の敬称が逆になってしまったようだ。私は正しく言い直した。「隆夫と美里の夫婦が、村上さん殺しの犯人ってことなのね」

「そういうこと。あの夜、二人は村上の死体を馬に乗せて、密かに運ぼうとしてたんやな。ほな、その目的地はどこや？ そう考えたとき、ピンときた。――黒沢沼や」

「そっか。それでルイス、『黒沢沼をさらってみたら、どや』なんて私に囁《ささや》いたのね」

「そや。俺の囁きはマキバ子ちゃんの口から中園巡査に伝わった。巡査は沼底に沈んだ村上の死体を引き上げた。これによって、俺の推理の正しさが証明されたちゅうわけや」

白い柵の向こう側、ルイスは得意そうに、その長い鼻を高く持ち上げた。

そして彼は今回の事件について、順を追って説明をはじめた。

「正直、清水夫妻のどっちが主犯か共犯かは判らん。けど便宜上、隆夫のほうが主犯と仮定してみよか。まず隆夫が村上を殺害したんは、乗馬クラブが休みやった日の昼間のことや。殺害の動機とか手口とか詳しいことは、俺も知らん。ただ一個だけ確実なんは、隆夫は村上が椅子《いす》に座った状態で殺害して、そのまま夜まで死体を放置していた、ちゅうことや。昼間のうちは人目につくから、夜になったら捨てにいこうと、安易にそう思ってたんやろな。ところがどっこい。いざ夜になってみると、村上の死体は死後硬直が進行しとった。股を開き、両脚を折り曲げ、前かがみになった恰好のままガチガチ、いや、ガッチガチや。法医学に疎《うと》い隆夫は、まさかそうなるとは思ってなかったんやなあ」

「なるほど」と頷く一方、ではなぜルイスは法医学に明るいのか、馬なのに、と私は素朴《そぼく》な疑問を抱く。でも面倒くさいので、とりあえず「それから？」と話の続きを促した。

「死体の捨て場所として黒沢沼という選択肢は、隆夫の頭の中に当然あった。その場合、運搬方法として馬を使うことも想定してたはずや。黒沢沼までの細い山道に車は入れへんからな。問題は、座った恰好のまま硬直した死体を、どうやって馬に乗せるかや。硬直してへん死体なら鞍の上に横向きに乗せるところや。昔の西部劇とかで、よう見かけるやろ。けど今回それは無理。そこで隆夫は座った恰好の死体を、ロックの鞍の上に跨るように乗せた。美里の手助けを借りながらな」

「要するに、私たちが通常、馬に跨るときと同じような恰好だね」

「そや。ただし、村上の死体の両脚は折れ曲がってて、背中は丸まっとる。結果、その姿は競馬のジョッキーがやるモンキー乗りみたいな感じになった。けどまあ、しゃあない。隆夫は死体の足の位置に合わせて、あぶみの長さを調節した。そして、あぶみと死体の足をロープで結び付けて固定した。それ以外にも口ープを使って死体の何箇所かを鞍とか馬体とかと結び付けたはずや。途中で落っこちたりせんようにな。そうして準備万端整えた清水夫妻は、乗馬クラブの門まで馬を移動させた。さあ、ここからが緊張する場面や。門を出て、例の脇道へ入っていくには、短い距離やけど一般の車道を進む必要がある。まあ、深夜の田舎道やから、用心すれば大丈夫。死体にはビニールシートでも掛けとったら、万が一見られることがあっても何の荷物か判らんはずやし——と思ったちょうどそのときや、想定外のアクシデントが起こったんは！」

「想定外のアクシデントって⁉」

「放馬や、放馬。ときどきあるやろ。馬が暴れたんか、隆夫が油断して手綱を手放したんか、それは知らん。とにかくロックは勝手に走り出した。背中に死体を乗せたまま門を飛び出し、車道を猛スピードや。隆夫も慌てて車道に出て、ロックの後を追いかけた。美里は門の陰あたりでオロオロしてたんやろ。その状況で偶然、同じ道を歩いとったんが、例の二人組の大学生や。しかし事情を知らん彼らは、馬の背中に乗っとるのが、まさか死体だとは思いもせん。訳も判らんまま、ただ呆然としてその場を立ち去っていくだけやった」

「二人の話を聞いた中園さんも、似たようなものだった。彼は、村上さんが馬泥棒で隆夫がそれを追いかけている、そういう場面だと考えたみたい。でも事実は全然違ってたんだね」

「そやから俺、いうたやろ。あの男の推理はゴミやって」

「うん、確かにゴミかも」

私は辛辣《しんらつ》な言葉を口にして、ルイスの話を促した。「で、それからどうなったの？　放馬したロックと、それを追いかけた隆夫は——ハッ」

突然、私の脳裏にハッキリと不吉な絵が浮かんだ。勝手気ままに走り回り、脇道へと入るロック。それを追う隆夫も同じ道へ。暗闇の中で相対する隆夫とロック。隆夫がロックの手綱を取ろうとしたその瞬間、振り上げたロックの右前脚が隆夫の額を打ち据える——

「そっか。やっぱり興奮したロックが隆夫を蹴り殺しちゃったんだね」

「そやな。その直後、美里がひと足遅れて脇道にやってきた。美里は夫の突然の死にショックを受けた。けど、このままじゃマズイと思い直した彼女は、自分でロックの手綱を引いて黒沢沼へ。そして彼女はひとりで村上の死体の処分をやり遂げた。——とまあ、そう考えることも、いちおうは可能や」

「え、いちおうは可能って——ルイスには別の考えがあるってこと⁉」

「もちろんや。まあ、考えてみい。マキバ子ちゃんのいまの推理どおりやったら、美里にとって何もかも都合良すぎるやろ。村上の死体はちゃんと処分できて、しかも悪党の片割れである隆夫は勝手に死んでくれた。『私は何も知らずに自宅のベッドで寝てました』と美里がいいさえすれば、事のすべては村上とロックの仕業《しわざ》にできる。美里は旦那を馬に蹴り殺された可哀想な奥さんを演じとったら、それでOKちゅうわけや。な、出来すぎやろ」

「確かに。じゃあ、ひょっとして美里が自らの手で隆夫を？」

「そや。ロックが隆夫を蹴り殺したんやない。放馬したロックは、追いかけた隆夫の手でなんとか無事に捕らえられたんや。再び合流した隆夫と美里はロックを引いて、あらためて黒沢沼を目指した。死体を沼に沈める作業は、二人がかりで滞りなく済んだんやろう。二人は身軽になったロックを連れて、乗馬クラブに戻った。これで死体の処分は無事完了。二人組の男に余計なところを見られたけれど、どうせあいつらよそ者やから、なんとかなるやろ。——と、そう思う隆夫に、いきなり美里がいったんやろな。『私、あの脇道に大事な携帯を落としてきたかも……』とかなんとか。ま、携帯でも財布でも、そこはなんでもええんやけれど」

「要するに、美里が隆夫を脇道に誘い出したんだね。二人は再び脇道に向かった……」

「そのとき美里は厩舎から持ち出したあるものを隠し持っとったはずや」

「蹄鉄だね。美里はその蹄鉄で隆夫の額を打ち据えた。隆夫は草むらに倒れて死んだ」

「そや。美里はその蹄鉄を厩舎に持ち帰った。そしてロックの右前脚の蹄鉄を外して、持ち帰った蹄鉄を打ち直した。ま、これは昔から犯罪者がよう使う常套手段やな。簡単なトリックやけど、例の大学生たちの証言と合わさったら、効果テキメンや。なにせ、あの二人組はロックに乗った村上と、それを追いかける隆夫の姿を目撃しとる。その上で、ロックの蹄鉄から隆夫の血液が検出されて、なおかつ村上が行方をくらませとったら、どや？　あのボンクラ巡査やなくても、『村上がロックをけしかけて隆夫を殺したのでは？』って想像してしまうやろ。それが美里の狙いやった。そうなることを期待して、美里はロックを乗馬クラブの敷地の外に放したんや。血に汚れた蹄鉄を履かせてな――」

「そしてそのロックを、翌朝、通学途中の私が見つけた。そういうことだったんだね」

「ああ、そういうことだったんや。どや、納得したかいな、マキバ子ちゃん?」

白い柵の向こう側で、ルイスはこちらを見下ろして得意げな顔。悔しいけれど私もルイスの馬並み外れた推理力には感嘆せざるを得なかった。ただし納得いかない点もひとつ。私はそのことを指摘した。

「ねえ、ルイス、あなたさっきから私のこと、マキバ子ちゃんって呼んでるけど、私の名前は牧陽子。牧場子じゃないから間違えないでもらえるかな?」

するとルイスは意外そうな顔で「え、そうなん⁉」と驚きの声。だが、すぐに気を取り直すように長い尻尾を悠然と振って、「まあ、ええやないか、マキバ子ちゃんで」

そしてルイスは疲れた喉を潤《うるお》すように、バケツの水へと顔を突っ込むのだった。

ところでルイスの語ったこの推理を、どう現実に反映させせたら良いのだろうか。なにせルイスは馬なのだから、『皆を集めて、さて……』というわけにはいかない。やっぱり中園巡査にそっと耳打ちしてやるべきだろうか。そんなことを思い悩んでいるうちに、当の中園巡査がまたまた牧牧場へとやってきた。興奮気味の彼は私を前に一方的に喋り出した。

「例の事件、犯人が捕まったよ。誰だと思う？　なんと清水美里だ。あの奥さんが旦那さんの隆夫を蹄鉄で殴って殺したんだ。県警の刑事たちは、もともと美里の態度に不審を覚えていて、彼女を厳しく問い詰めたらしいんだな。結果、彼女がボロを出したそうだ。――え、村上直人は自殺だったのかって？　いや、それがまた驚きでさ、なんと村上は密かに殺害されてたんだ。しかも殺したのは隆夫らしいんだな」

中園巡査の話によれば、隆夫は若い村上と美人の奥さんの関係を疑っていたようだ。その件を追及すべく、隆夫は休日に別の用件を装って村上を自宅に呼

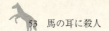

び寄せた。美里は友人とショッピングに出掛けて不在だった。なので、隆夫と村上の間に、そのときどのようなやり取りがあったかは誰にも判らない。だが、話し合いが紛糾《ふんきゅう》したことは想像に難くない。そして激昂《げっこう》した隆夫は思わず村上を手に掛けた——

「椅子に座った村上を背後から両手で絞め殺したらしい。夜になって美里が外出先から自宅に戻ってみると、リビングの椅子の上に村上の死体が、そのままの状態で放置されていた。驚く美里に、隆夫はいったそうだ。死体の処分を手伝ってくれ——ってね」

「ふーん、そういうことだったんだねえ」すべて判ったとばかりに頷く私。

すると中園巡査は慌てた様子で「いやいや、本当に驚くのはここからなんだ」と片手を振る。そして私にとっては全然驚けない話を続けた。「二人は死体を黒沢沼まで馬で運ぼうと考えた。ところが死後硬直の進んだ死体は座った恰好のままカチカチだ。そこで二人は、その死体をどうしたと思う?」

「えー、死体をどうしたかってー?」

私は困ったように顎に指を当てながら、くるりと中園巡査に背中を向ける。

目の前にあるのは白い柵。その柵の向こうでは栗毛のサラブレッドが悠々と干草を食べている。私は彼に向かってウインクしながら問い掛けた。

「さあ、いったいどうしたんだろうねー、ルイス？」

ルイスは顔を上げて答えた。「もう判ってるやないか、マキバ子ちゃん」

いまの私にはハッキリと聞こえるルイスの声。だが、その同じ声が中園巡査の耳にはまるで聞こえていないらしい。彼はキョトンとしながら私と馬とを交互に見返すばかりだった。

幸運の足跡を追って

白河三兎

建て付けの悪い鉄製のドアが不愉快な音を立てて開き、「予約した大藪《おおやぶ》です」という声が投げかけられた。

「いらっしゃいませ」

私の声に導かれて相談者は薄暗い部屋に入ってくる。私と目が合うと、「お久し振りです」と挨拶《あいさつ》した。でも本当は初対面だ。頭と顔をベールで覆《おお》っているから、私を母と勘違いしたのだ。幸か不幸か、私は目元と声が母とよく似ている。

「その後はどうですか？」と私は何気ない調子で訊《き》く。

「楓子《ふうこ》さんのおかげで心が晴れやかになりました」

母が手帳につけていた顧客リストに『大藪』は一人だけ。四ヶ月前の日付の横に『大藪　夫婦愛』と記されていた。旦那との仲に悩んでいたようだ。

「それはよかったです。どうぞおかけください」と椅子《いす》を勧める。

大藪さんが着席し、私たちは一辺が一・五メートルほどの正方形のテーブルを挟んで向き合う。四十代後半くらいか？　肉付きがよく、加齢のためか頬の肉も垂れてきてはいるが、エキゾチックな顔だ。若い頃はモテただろう。沖縄出身のタレントの誰かに似ているような……。

しばらく考えても名前が出てこなかったので、私は諦めて「本日はどのようなご用件で？」と質問しながら機械式ストップウォッチのボタンを押す。そしてテーブルの真ん中にある水晶玉の横に置く。相談料は二十分で三千円。十分延長するごとに千円が追加される。

大藪さんはハンドバッグから手帳を取り出し、間に挟んでいた写真を私に手渡す。小麦色の兎《うさぎ》が写っていた。

「ボヌールと言います。一昨日、うちから逃げ出したんですけど、どこにいるか占ってくれませんか？」と依頼する。

「わかりました。では、この水晶玉に両手を翳《かざ》して目を閉じ、ペットの兎のボヌ……えーと、なんでしたっけ？」

「ボヌールです。長年、可愛《かわい》がってきました。私にとっては家族のような存在なんです。娘と同じくらい大切にしていました」

「ボヌールのことを思い浮かべてください」

相談者が水晶玉に手を伸ばして目を瞑《つむ》ると、私は彼女の顔の前で手を振って薄目で見ていないか確認する。無反応だ。よし、大丈夫だ。床すれすれまであるテーブルクロスを捲《めく》り、机の下に潜んでいたティエリーに写真を渡す。

「できるだけ詳細にイメージしてください」と私は大藪さんに話しかけて時間を稼ぐ。

テーブルクロスと床の僅《わず》かな隙間から光が一瞬だけ漏れる。きっとティエリーがスマホのカメラでボヌールの写真を撮ったのだろう。彼はシャッター音が出ないように設定している。

私の股の間から写真とスマホを持ったティエリーの白い手が伸びてくる。スマホの液晶画面に〈兎の特徴を訊き出したまえ。品種。性別。歳。性格。好物。〉と表示されている。私は写真を受け取り、テーブルに置いてから「ボヌールはどういう種類の兎ですか？」と訊《たず》ねる。机の下に彼の腕が引っ込む。

「ネザーランド・ドワーフという小型の兎です」

「雄ですか？」と二分の一の確率の賭けに出る。

「いえ、雌です」

あちゃ、外れた。でも気を取り直して質問を続ける。

「何歳ですか？」

「十歳になります」

「どういう性格をしていますか？」

「人懐《なつ》っこいから心配なんです。誰かに連れて行かれていないか」

「何か好物はありますか？」

「ドライフルーツが好きです。特にバナナが」

再び股の間からスマホが出てきて、今度は〈近いうちに見つかる、と言いたまえ。〉とあった。

「段々と見えてきました。ボヌールはあなたからそう遠くないところにいます」

「本当ですか？　どこに？」

「安心してください。近いうちに見つかります」

「五日以内ですか？」と大きな声を上げたと同時に、目をカッと見開く。

急にひどく取り乱した。狂気すら感じる問い掛けに呑《の》まれて「はい。五日以内には」と答えてしまう。右の脛《すね》に痛みが走る。ティエリーがスマホの側面で弁慶《べんけい》の泣き所を叩いたのだ。不要な発言をしたことへのクレームだ。

「すみません」と大藪さんが我に返って謝る。「五日後に家を空けてしまうので、つい……」

「大丈夫ですよ。それまでに戻ってきますから」

また脛が痛んだ。あの野郎……。しょうがないじゃん。私はティエリーと違って温かい血が流れているんだ。涙目になるほど切羽《せっぱ》詰まっている人を前にしたら、哀しませることは言えないよ。

「わかりました」と大藪さんは穏やかな声で納得し、機械式ストップウォッチに目を向ける。

まだ七分も残っている。毎度のことながら、占い中の二十分は時間の経過が恐ろしく遅く感じる。

「他に何かありますか?」

「あの、自宅から西南西は私にとって良い方角でしょうか?」

「これに住所を書いてください」と卓上メモとボールペンを渡す。

住所を知る必要はなかったが、それらしく見せるためのポーズだ。大藪さんはサラサラッと書いて私へ戻す。達筆だった。私よりも上手でちょっぴり恥ずかしくなる。

「では、水晶玉に手を翳して目を瞑り、西南西をイメージしてください」

彼女は言われた通りにする。

「あなたは何座ですか？」

「射手《いて》座です」

「西南西に向かって矢を射る自分の姿を想像してください」

「はい」

スニーカーの爪先でティエリーをツンツン蹴って催促する。早くしろ。彼は占星術の無料サイトにアクセスして今日の射手座の運勢を調べている。星座と性別を選択して今日の運勢を鑑定してもらうだけの簡易占いらしい。だから吉凶の方角をピンポイントに占うことはできない。

当初は、無料で提供している占いを流用して相談者からお金を取ることに反対だった。でもティエリーが《僕の母国フランスで有名な占星術師が運営しているサイトだから、日本のそこらへんにいる占い師よりはずっと当たる。僕が翻訳《ほんやく》してあげている手数料だと思えばいい。》と主張した。

やっと股の間からスマホが出てきた。画面には〈西南西は悪い方角！　近寄ってはいけない！〉と。

「不吉なものが見えます。今のあなたにとって西南西は悪い方角です。近寄らない方がよいです」

「そうですか」

目を開けた大藪さんはがっくりと肩を落とす。

「引っ越しでもされるのですか？」

「ええ」

それで焦っているのか。

「心配しないでいいですよ。それまでにボヌールは戻ってきます」と私は自信たっぷりに言う。

ティエリーは『近いうちに』と断言したのだから、ボヌールを捜し出す当てがあるに違いない。急《せ》かせば五日以内に見つけられるはずだ。

「はい。信じて待ちます」

大藪さんは財布を出し、三千円をテーブルに置く。「ありがとうございました」と一礼して出入り口へ向かった。私も「ありがとうございました」と言って彼女の背中を見送った。

玄関のドアを開閉する音が聞こえると、ティエリーが机の下から出てきて大藪さんの住所が書かれたメモを引きちぎった。そして私にスマホを向ける。彼は日本語の読み書きはできるのに、何故《なぜ》か話せない。あえて話さないのかもしれないが。

〈尾行する。次の相談者は適当なことを言ってあしらいたまえ。兎の雌雄《しゆう》を当てずっぽうで訊けるだけの余裕があるんだから、一人でも大丈夫なはずだ。〉

今日はもう一件予約が入っている。私だけじゃ心許《こころもと》ないけれど、生きるためには踏ん張らないとならない。

つい最近まで私はニートだった。小学校の頃に虐《いじ》めに遭《あ》って不登校児になり、十七歳までの九年間をほとんど家の中で過ごした。占いで生計を立てているたシングルマザーの母は、登校拒否や私の将来に関して一言も口出ししなかった。

ただ、定期的に小説を買ってきて私の部屋に置いていく。きっと『学校へ行かないでいいから、その代わりに本を読んで言葉を勉強しなさい』ということなのだろう。煩《わずら》わしかったけれど、時間を持て余していたこともあり、私は半強制的に読書することとなった。

いつの間にか習慣化し、部屋が本で埋め尽くされた。でもここのところ本を手にしていない。母が買い与えなくなったからだ。二週間前に山口県で一人暮らしをしていた祖母が軽度の白血病で倒れると、母は「三ヶ月くらい看病しに行ってくる」と言い残して東京を離れた。

しばらく顔を見ずにすんで清々《せいせい》する。そう有り難がったが、お腹が空いてから母に生活費を渡されていないことに気がついた。

「お母さん、お金はどこに置いてあるの？」と私は電話をかけた。

「どこにもないよ。お祖母《ばあ》ちゃんの治療費で貯金が全て消えるの。毎月の家賃を払うのが精一杯だから、自分で食べる分くらい稼いで」

「は？　ふざけないでよ」

「ないものはないの。自分でどうにかしなさい」と冷たく突き放す。

「無理よ」

「泣き言や愚痴《ぐち》は好きなだけ言っていいから、ティエリーにはちゃんとごはんをあげて。追い出したら許さないからね。私が戻った時にティエリーがいなくなっていたら、麻里《まり》を追い出すよ。あと、お客からの電話には『少しの間、休業します』って言っておいて」と母は注意すると、一方的に電話を切った。

なんなの？　実の娘が餓死《がし》するかもしれないのに、ティエリーの心配しかしないなんて。それでも親なの？　やっぱり私なんかどうでもいい存在なんだ。むかつく！　どこの馬の骨ともわからない奴の世話なんて誰が焼くか。

半年ほど前に、母が路上で酔い潰れていたティエリーを連れて帰ってきた。そしてそのまま住まわせた。彼は私とも母とも口を利《き》かないし、自分のことを説明したくないようだから、素性《すじょう》は謎だ。わかっているのは名前と国籍だけ。歳は二十代前半っぽい。

母は何も訊かなかった。絵に描いた王子様のような容姿をしているティエリーを眺めているだけで満足なのだろう。目の保養のために囲ったのだ。いい歳して若い男に現《うつつ》を抜かすなんて、恥ずかしいと思わないのか？

ティエリーに居候《いそうろう》の自覚はまるでなく、食事以外の時間は一日中家でのんびり日本の小説を読んでいる。ニートが一人増えたようなものだ。

「ティエリー」と私は初めて自分から話しかけてみる。「お金、持ってる？」

彼はうんともすんとも言わない。読んでいた文庫から目を離さずにページを捲る。

「日本語、聞き取れるんでしょ？」と言って強引に本を閉じる。「大事な話なの。お母さんが『三ヶ月は自分たちだけで生活しろ』って。だからお金が必要なの。ティエリーは日本で働けるの？」

半年もの間ただで養ってやった。母は服を買い与え、散髪代も出していた。豪勢な食事じゃなかったし、ユニクロと千円カットだったけれど、それらの恩を返してもらおう。

ティエリーはスマホを目にも止まらない指さばきで操作し、入力した日本語を私に見せる。『水戸黄門《みとこうもん》』の格《かく》さんが印籠《いんろう》を出す時みたいに威圧的だった。

〈日本の法律で働くことを禁じられている。〉

「じゃ、出て行って。もうティエリーを食べさせる余裕がないの」

母の言い付けを守っている場合じゃない。

〈麻里が働けばいい。〉

「私だって無理よ」

〈どうして？〉

「対人恐怖症なの。意味わかる？　人と話すのが怖いの」

〈僕には話しかけられるのに？〉

「ティエリーはなんか人間っぽくないから平気みたい」

〈外国人を同じ人間と思わないとは、さすが極東の島国だ。〉

誤解だ。そういう意味で言ったんじゃない。ティエリーはイケメン過ぎてリアリティに乏《とぼ》しいんだ。彼の圧倒的な存在感が現実をぼやかす。真っ暗では何も見えないけれど、光が強すぎると目を開けていられない。何がどうなっているのか把握できない。だから一つ屋根の下に暮らしていても、全然ドキドキしない。

〈つくづく思うことだけど、日本人の二次元的な思考には辟易《へきえき》する。見方、考え方に憐《あわ》れなほど奥行きがない。どうして点や面でしか物事を捉えないんだ？顔や体形に凹凸がないから脳味噌《のうみそ》も平べったいのか？〉

私の発言が頭にきて嫌味を言ったようだ。幼児体型の私への当てつけだ。だけど、元々彼はお高くとまっている。立ち居振る舞いの全てが偉そうでキザったらしい。

「とにかく、私はティエリー以外とは話せないから働けない」

〈人が怖いなら、風邪をひいた振りをしてマスクをつけたままコンビニのバイトでもすればいい。普段、麻里が外出時にマスクをしているのは、対人恐怖症を和らげるためなんだろ？〉

「うん。伊達《だて》マスクだけど……」

マスクで顔の半分を覆うと安心する。コンビニで買い物をした際に、『Tポイントカードをお持ちですか？』と訊かれても、ビクつかずに『持っていません』や『入会しません』と応じられる。

〈食品を扱う仕事なら風邪を装わなくてもマスクをしていられる。早速、バイ

ト探しをしたまえ。〉

「できないよ。学校にも行っていなかったのに、いきなり働くなんて絶対に無理」

〈やりもしないうちから『できない』と嘆くとは。それでも不可能を可能にしてきた技術立国日本の国民か？〉

「何を言われても、できないものはできないよ」

〈違う。麻里は単に働きたくないんだ。そうだろ？〉

図星だった。でもティエリーだって怠《なま》け者のくせに。

「うるさいよ！」と私は喚《わめ》く。

〈僕は一言も声を出していない。うるさいのは麻里だ。〉

揚げ足を取らないでよ。

「私は絶対に働きに出ないからね。こうなったら家にある物を片っ端から売っていく」

〈この家に金目の物はあるのか？　どれを売っても端金《はしたがね》にしかならない。〉

確かに、家具も電化製品も安物。母に貴金属やブランド物を買い漁《あさ》る趣味はない。骨董品《こっとうひん》も……。

「あっ！」と思いつく。「水晶玉があった。あれは高値で売れるかも」

〈麻里の頭は飾りか？　自分が寄生虫であることを自覚するべきだ。宿主の商売道具を売ったら、楓子さんが戻ってきた時に占いができなくなる。〉

「先のことなんて考えられない。お金がないと、お母さんが戻ってくるまでに飢え死にしちゃうんだよ」

〈麻里がバイトすればいい話だ。人と関わり合いたくないなら、交通量調査やティッシュ配りをしたまえ。社会勉強にもなる。〉

「絶対に嫌！　社会になんか出たくない！」

ティエリーは『どうしようもないニートだ』といった具合に頭を左右に振る。

〈麻里は育ててもらったことに恩を感じないのか？〉

「勝手に作ったんだから、育てるのは当然よ」

私は『生んでくれ』って頼んでない。むしろ、生まないでほしかった。

〈どこの社会も、どこの家庭も、誰かが誰かに借りを作るという形で成り立っている。そして『借りたものはいつか返す』が原則だ。特に、いつでも借りを作れる安心感を与えてくれた親にはきちんと返さなければならない。それは人としての責務だ。〉

「偉そうなことを言う前に、ティエリーが私のお母さんに恩を返してよ。そもそも、ティエリーは親孝行してないでしょ？　ティエリーの親は毎日ダラダラ暮らしている自分の息子を見たら、がっかりすると思うけどな」

〈楓子さんにはいずれ恩返しをするつもりだ。また、僕のママンにとっては息子が元気で暮らしていることが一番の親孝行だから、心配には及ばない。麻里の家庭とは違うんだ。楓子さんは『家計を助けてほしい』と麻里に頼んだ。それに応《こた》えるのが家族じゃないか？〉

うちだってティエリーの家庭とは違うんだから、助け合いを押しつけないでよ。なんにも知らないくせに。

「もういい」と私は荒っぽく言って彼の手から『竜馬がゆく』の三巻を取り上げる。「本も売る。今から売りに行くから」

〈ちょっと待て。売るなら八巻まで読み終わってからにしろ。〉

ティエリーは私の部屋の本棚を図書館代わりにしている。と言っても、ほとんど無断で入って勝手に借りていく。

「じゃ、働いて」

彼は艶《なま》めかしい吐息を漏らす。不覚にも見とれてしまった。

〈麻里に占いの才能はないのか？〉

「ない」

母にだってない。占いなんてみんなインチキだ。

〈本当か？　ベールで口元を隠せばマスクと同じ効果を得られるはずだ。数分くらいは接客できるだろ。〉

どうやら『麻里は相談者と接するのを嫌がって占いの力を隠している』と疑っているようだ。

「本当にない」

〈使えないな。目や声質や話し方が楓子さんに似ているから、成り済ますことができそうなのに。〉

「それって客を騙すってことでしょ？」

〈手段を選んでいる暇はない。実績のない麻里が占い屋を始めても、すぐに客はつかない。楓子さんの固定客を引き継ぐのがベストだ。〉

母は私が生まれる前から自宅の一室を仕事場にして、占いの館を営んでいた。『占いの館　ＦＵＫＯ』は繁華街の中心部から離れた一角の雑居ビルの五階にあり、完全予約制で一日に四、五人の物好きが来店する。

「完全に詐欺《さぎ》じゃん。元々、占いなんて詐欺みたいなものだけど、私はインチキしてお金を得るなんて絶対に嫌だからね。悪事に手を染めたくない」

〈餓死寸前になっても『悪事に手を染めたくない』と言えるのか？　窃盗《せっとう》くらいはするだろ？　絶対にしない、と言い切れる？〉

少し考えてから「するかもしれない」と答えた。

〈それじゃ、簡単な二択だ。楓子さんの名を騙《かた》って相談者からお金を騙し取るのと、食い逃げをするのとどっちがいい？　考えるまでもないことだ。前者だ。麻里は楓子さんの占いをインチキだと思っているんだから。〉

「どういうこと？」

二択はどうなったの？　勝手に決めつけて選択権を奪わないでよ。

〈楓子さんの占いがインチキなら、麻里が代わりに占っても客にインチキを提供していることに変わりはない。つまり、客に実害はない。一方で、食い逃げは店が損害を被る。どっちが悪いことかは馬鹿でもわかることだ。〉

「言われてみれば、そうだけど……」

〈そうと決まったら、占いの練習をするぞ。着替えたまえ。〉

「えっ？」

なんでそうなるの？　無理だよ。インチキ占いでも人を騙すにはそれなりのテクニックがいるはず。

〈僕が占う。君はイタコの口寄せみたいに僕が乗り移ったと思って、僕の言葉を唱えればいい。〉

フランス人が『イタコ』を喩《たと》えに使ったことに意表を突かれた。どこで知ったのか興味が湧いたけれど、そのことよりも知りたいことがあった。

「ティエリーに占えるの？」

〈フランスは占星術でも先進国であることを知らないのか？　血液型占いなんて科学的根拠のないものに一喜一憂している日本人とは違う。〉

「十二星座の性格づけだって科学的根拠はないんじゃないの？」と素朴《そぼく》な疑問を口にする。

〈同じにするな。占星術は直感と経験則による知恵の集積だ。何千年にも亘《わた》って受け継がれてきた。人類の叡智《えいち》と言っても過言ではない。〉

「へー。そうなんだ」

〈なんだ、その薄い反応は？　フランスは近隣諸国の中で逸早《いちはや》く文化が成熟し、政治情勢が複雑化した。激しい生存競争を生き抜くために貴族たちは占いに命運を託《たく》していたんだ。麻里は占いに命を預けられるほど、信頼できる占い師を知っているのか？〉

「わかった。わかった。ティエリーに任せるよ」と私は言い包《くる》められた。

そこまで自信の漲《みなぎ》った顔で豪語できるのだから、ティエリーは占いに精通しているに違いない。古くから占いの文化が発達しているフランスにはインチキ占い師がいないのかもしれない。彼の言う通りにしておけば大丈夫そうだ。

ティエリーが客に本場の占いを提供するのなら、詐欺にならない。むしろ客にとって喜ばしいことだ。母のインチキ占いでもそれなりに常連客がついたのだから、彼のフランス仕込みの占いで店が大繁盛する可能性は大いにある。

しかしティエリーにも占いの才能はなかった。本国の無料占いサイトから鑑定結果を拝借する。それが彼の計画だった。ただ、大まかなことしか占えないので、相談者の深刻な悩みには的確な助言ができない。私は練習中に「大雑把《おおざっぱ》な占いで大丈夫かな?」と心配になった。

〈曖昧《あいまい》なことを言っておけば、相談者は自分に都合のいいように解釈するものだ。うまいことはぐらかしたまえ。〉

ティエリーは簡単に考えていたが、いざ占いの館を再開して客を迎え入れると、不満を顕《あらわ》にする客もいた。おそらく『前に占ってもらった時は、具体的なアドバイスをくれたのに』と思ったのだろう。母は言葉巧《たく》みに騙して客の心を摑《つか》み、固定客を作っていたようだ。

「このままじゃ、客がリピートしなくなるよ」と不安を訴える。「私はお母さんみたいに口がうまくないから客を欺《あざむ》けない」

〈それなら、客の相談の中に人為的に解決できることがあったら、僕たちが裏工作して幸せを与えよう。〉

「そんなことができるの？」

〈簡単だ。たとえば、素敵な男性との出会いを求めている相談者なら、僕が尾行してナンパすればいい。金運を上げたがっている人には、先回りして地面に小銭をばら撒《ま》いておくのさ。〉

「尾行作戦か」と考えを巡らせて検討してみる。

悪くないアイデアだ。特にナンパに関しては、ケチのつけようがない。大半の客は恋愛相談をするし、彼に言い寄られてドキッとしない女はいなそう。

恋愛運の上昇を望んでいた相談者がイケメンのフランス人と出会ったのなら、『占いが的中した！』と思うはずだ。そしてリピーターになるだろう。口コミで広めてくれる可能性もある。

昨日、考案した尾行作戦が早速決行された。初めての対象者は大藪さん。取り決めた通りにティエリーは相談者を尾行しに外へ出て、私は一人で店番をした。心細くて堪《たま》らなかった。

でもティエリーの助言《最悪の場合は、こう言いたまえ。今日は体調が悪くて本調子ではありません。日を改めさせてください。もちろんその際は無料で占います。》を心の支えにして、どうにかこうにか切り抜けた。

この二週間、ティエリーに言われるがままに占い師の振りをしてきたが、それっぽく見せるノウハウが自然と身についてきたようだ。一人でも思っていたほど苦労せずに、客の相談をやり過ごすことができた。『習うより慣れろ』というのはあながち間違いじゃないのかもしれない。

ティエリーの帰りを待っている間に、ふと『尾行する必要はなかったんじゃ？』と気がついた。住所はわかっていたし、兎捜しだから大藪さんと接触しないでいい。なんであとをつけたんだ？

そもそも兎捜しは人為的に解決し易いことか？　てっきりティエリーの初尾行は彼氏募集中の相談者になると思っていた。ボヌールがどこへ行ったのか見当がついているの？　それとも迷子の兎を捕まえる方法を熟知しているのか？

なんかモヤモヤする。手持ち無沙汰《ぶさた》でもあったので、卓上メモを鉛筆で薄く塗り潰し、大藪さんの筆圧で凹《へこ》んだ箇所を浮かび上がらせた。彼女の住所が判明すると、自室のパソコンでグーグルマップを開く。大藪さんの家の近くに兎が身を潜めそうな場所がないか調べる。

公園、学校、神社、駐車場、空き地などなど。いっぱいあり過ぎる。全部チェックするには一週間あっても足りない。目ぼしいところはすでに大藪さんが血眼《ちまなこ》になって捜しに行っているはずだ。

見つからなかったから占いに縋《すが》ったのに、ティエリーにボヌールを捜し出せる秘策が本当にあるのだろうか？　もしもう誰かに拾われていて、その人が名乗り出なかったら、捜索するのは相当困難なんじゃ？

ティエリーが戻ってくるや否《いな》や、「ボヌールを見つける当てがあるんだよね？」と私はせっかちに訊いた。

〈兎には帰巣《きそう》本能があるから、運が良ければ戻ってくる。ただ、兎の十歳は高齢だから本能が衰《おとろ》えている可能性は高い。〉

「それってマズくない？」

〈いざとなったら、似た兎を大藪夫人の家の前に置いておけば問題ない。〉

「ペットショップで同じ兎を買うの？」と私はお金の心配をする。

あの種類の兎はいくらするんだ？　一万円くらいまでしか出せないけれど、『占いの評判を上げるための先行投資をしろ』ということか？

〈捨て兎の里親募集から貰ってくればいい。〉

「でも顔がそっくりじゃないとバレちゃうよ」

〈品種が同じならどれも似た顔だろ。麻里たち日本人が欧米人の違いがわからないのと一緒だ。まあ、僕にはどのアジア人も見分けがつかないけれど。〉

知的な顔をしているけど、こいつは張りぼてなんじゃ？　計画がお粗末だ。適当すぎる。

「飼い主の大藪さんには一目瞭然《いちもくりょうぜん》かもよ」

〈もし大藪夫人が偽《にせ》の兎に気付いたとしても、『楓子さんは水晶玉を通して私の家の近くにこの兎がいることが見えたんだ』と思う。ボヌールじゃなくても兎の出現を予言した事実は残る。だからインチキだとは疑わないし、楓子さんの占いの評判も落ちないよ。〉

「そう都合よく解釈してくれるといいけど。それに、もし大藪さんが『これはボヌールじゃないから嫌だ』ってことになったら、その兎を引き取らない。誰が育てるの？　私たち？」

〈僕が責任を持って飼うよ。でもそういう懸念《けねん》は要らない。ボヌールの居場所を知っていそうな子を見つけたから。〉としれっと大事なことを伝える。

なんでそれを先に報告しないんだ？　勿体《もったい》ぶったのか？　腹立たしさを抱《いだ》きながらも、私は「どういうこと？　詳しく教えてよ」と下手《したて》に出た。仲違《たが》いしている場合じゃない。

ティエリーは大藪さんに悟られないよう細心の注意を払って尾行した。彼女が自宅のアパートの中へ入って数分後に、十歳前後の女の子が玄関から飛び出してきた。その際に、大藪さんが何かを叫ぶ声が聞こえた。

その子は大藪さんを無視して公園へ向かった。親子喧嘩でもしたのか、と気になってあとを追ったティエリーは、ベンチでうなだれていた女の子に「ボンジュール」と話しかけた。そして天辺《てっぺん》に鐘のついている時計台に貼りつけられた紙を指差し、スマホに打ち込んだ文章を見せる。

〈あの貼り紙に書いてある迷い兎のボヌールを捜しているんだけど、見かけなかった？　以前、僕も兎を飼っていたんだけど、逃げ出して車に轢《ひ》かれちゃったんだ。ボヌールの飼い主に僕と同じ気持ちを味わわせたくなくて、どうしても捜し出してあげたいんだよ。〉

　その子はひどくばつが悪そうな顔をしつつ「知らない」と言った。『この子の不注意でボヌールは逃げ出したのか？』と疑ったティエリーは確証を得るために、罪悪感を刺激するような文章を作る。

〈人に飼われている兎にとって外は危険だらけだから、飼い主は心配で居ても立っても居られないよね。車やバイクに轢かれないか？　カラスや野良猫に襲われないか？　悪ガキに拾われて虐められないか？　心配で心配で夜も眠れないんじゃないかな。〉

「大丈夫。元気に生きてるよ」

　言い方が力強かったので、ティエリーは『この子はボヌールが安全なところにいることを確信している』と推測する。更に追及しようとしたら、その子は自分の失言に気付いたのか、単に気まずくなったのか、「もう帰らなくちゃいけない時間だから」と言ってその場から逃げ出していった。

「大藪さんの娘がどこかにボヌールを匿《かくま》っているってこと？」

〈十中八九、間違いない。怨恨《えんこん》がらみの事件かもしれないから、尾行したんだ。大藪夫人の身辺に怪しげな人物がいないか？　そう目を光らせていたらドンピシャだったようだ。〉

「そんじゃ、その子を問い詰めて自白させれば解決ね」

ティエリーのファインプレーだ。面と向かって褒める気にはなれないけれど、よくやった。

〈麻里の頭はなんのためについているんだ？　占いの力で解決したように見せかけることが大事なんだろ。〉

「その子に『お母さんにチクられたくなかったら、大人しくボヌールの居場所を教えて。お母さんには内緒でボヌールが自分で戻ってきたようにするから』って取引すればいいんじゃない？」

〈大人しく口を割らなかった時はどうするんだ？　第一に、子供と口約束する

なんて正気の沙汰じゃない。裏切られるのが目に見えている。あの子が大藪夫人に泣きついたら、僕たちは一巻の終わりだ。〉

言われてみれば、正論だ。子供ほど信用ならない生き物はいない。手のひら返しは子供の専売特許だ。

「じゃ、どうするの？」

〈僕たちでボヌールの居場所を特定して救出すればいいんだ。〉

「目星はついているの？」

〈どこの国でも、子供のやることなんて親は見通しているものだ。大藪夫人がどんなに鈍い親だったとしても、子が良からぬことを企んでいたら何かを感じ取っているはずだ。薄々《うすうす》『娘がどこかへ逃がしたんじゃないか？』と察していて、匿った場所をある程度絞り込んでいる。だから方位を気にしたんだよ。〉

「西南西！」と私は声を張り上げる。

ティエリーは口の端《はし》だけをクイッと上げて笑う。

〈地図で確かめると、大藪夫人の家の西南西に小学校があった。すぐそばだったのでちょっと寄って外から覗《のぞ》いてみたら兎小屋が見えた。近くで観察するこ

とはできなかったが、七羽を目視できた。ボヌールはその中にいるかもしれない。〉

「待って。私、今さっきグーグルマップで大藪さんの家の近所を調べてみたんだけど、一番近くの小学校は北西だったよ」

条件反射で『ここにも心無い子供がいっぱいいるんだろうな』と思って地図上の小学校を睨《にら》んだから、強く印象に残っていた。

〈地球が丸いことを知らないのか？　グーグルマップは平面地図のメルカトル図法を用いているが、それを丸めて地球儀にすることはできない。正確な距離と方位を知りたい時は、地球を三次元的に表している正距方位図法《せいきょほういずほう》を用いる。占いの流派によってはメルカトル図法を使用していることもあるが、僕は正距方位図法を信奉《しんぽう》している。〉

何を伝えたいのかよく理解できなかった。ティエリーが好んでいる地球儀のような地図とグーグルマップには方位に誤差がある、ということ？

ややこしいことは苦手だから、「つまり、ティエリー的な西南西にある小学校の兎小屋に、大藪さんの子がそっとボヌールを紛れ込ませたってこと？」と話を進めた。

彼は重々しく顎《あご》を上下させる。いちいち態度が尊大で癪《しゃく》に障《さわ》る。

「そんなことしたら先生や飼育係の児童にすぐわかっちゃう。『一羽増えたぞ』って騒ぎになる」

〈あの小学校の兎小屋は遠目からでも不衛生であることが丸わかりだった。飼育係が丁寧に世話をしていないんだ。面倒くさいからサボっているんだろうね。担当の先生も無責任なら、一羽増えても誰も気にしないよ。気付かないことも充分に考えられる。〉

「でもどうやってボヌールがいるかどうか確かめるの？　真夜中に兎小屋に忍び込む？」

ティエリーなら鍵を壊して不法侵入することくらいでは罪の意識を感じなさそう。

〈それは見つかった時のリスクが高いから、最終手段だ。先《ま》ずは二人で小学校へ行って兎小屋を見させてもらおう。もしボヌールがいなくても、飼育係の子供たちに訊き込みができる。子供は大人の知らないネットワークを持ってい

る。何か手がかりを摑めるかもしれない。〉

「私も行かなくちゃいけないの？」

できることなら行きたくない。私の母校ではないけれど、『小学校』という言葉を見聞きするだけで忌々《いまいま》しい記憶が蘇《よみがえ》る。

〈僕一人だと警戒される。日本人は外国人をすぐに犯罪者扱いする民族だから、麻里の存在が不可欠だ。〉

「二人でも怪しまれないかな？　私、なんも肩書きがないんだよ」

マスクをした根暗な女と美形のフランス男の組み合わせが、小学校に『兎小屋を見せて』と押しかけても、間違いなく警戒されるだろう。

〈小学校に『うちにホームステイしている留学生のフランス人が、子供たちが兎の世話をしているところを見たい、と言っているのですが見学させてもらえないでしょうか？　フランスには小動物を飼育して道徳観を養う、という教育がないので興味を引かれているのです』と電話したまえ。〉

「本当に留学生なの？」

ティエリーがチノパンのポケットから財布を取り出し、中からカードを一枚抜き取って私に差し向ける。世間的には一流に括《くく》られる大学の学生証だ。

「国際教養学部」と意味もなく読み上げてしまった。

〈体調を崩して休学中なんだ。兎小屋の見学の許可を取れるなら、大学名を出しても構わない。〉

教師なんかと話したくないし、やっぱり小学校に行きたくない。

「その前にさ」と私は抵抗を試みる。「大藪さんがボヌールの失踪を『娘の仕業かな』って勘付いているのに、娘に直接問い質《ただ》さないのはなんで？」

〈おそらく娘がボヌールを隠したことは、母親にとって情状酌量《じょうじょうしゃくりょう》の余地のある罪なんだろう。あるいは、母親の方に非があって娘のしたことは正当防衛に当たるのかもしれない。〉

「母親の方が悪いから娘を叱れないってこと？」

またティエリーは大物ぶった頷《うなず》き方をする。

「大藪さんは何をしたんだろう？」

〈本当に麻里は頭の中が空っぽなんだな。馬鹿でもじっくり考えればわかることだが、馬鹿に付き合っている時間が勿体ないから、親切に教えてあげよう。

大藪夫人は親の都合の引っ越しで、娘が転校を余儀なくされることに負い目を感じているんだ。それで『お母さんが大事にしている兎が行方不明になれば、引っ越しが延期になるかも』と考えた娘を叱れない。〉

上からの物言いにイラッとしたけれど、彼の聡明さに感心せずにはいられなかった。さすが一流大学の留学生と言ったところか。

「母親が娘を叱れない理由はわかったけど、なんで大藪さんは自分で小学校の兎小屋を調べないの？　ひょっとしたら小学校のガードが固いんじゃない？　娘が通っていてもチェックさせてもらえないなら、完全に部外者の私たちなんて門前払いだよ」

どうにかして見学を回避する理由をこじつけた。

〈ガードは固くない。大藪夫人には確かな証拠がないだけ。確証がないままに『うちの兎が紛れていませんか？』と小学校に訊ねたら、『兎の数が増えたことにも気付かないような管理をしていますか？』と受け取られる。どんな状況でも相手の気持ちを配慮することが美徳だ、と日本人は考えているだろ？　控え目を謙虚《けんきょ》と履き違えているから、大藪夫人も自分本位の行動ができないんだ。〉

「もし私たちが『西南西は良い方角です』って占ったら、大藪さんは小学校へ押しかけたのかな?」

〈そういうことをさせないために、あの占い結果を出したんだ。〉

ティエリーは初めから西南西にボヌールがいることを予想していた。大藪さんが西南西を占ってほしがったことでピンときたのだ。だから《近寄ってはいけない!》と私に伝えて彼女の腰を引かせた。

大藪さんは『小学校を訪ねてボヌールを発見できたとしても、親子仲が更に悪化してしまうんじゃ?』と危惧《きぐ》して尻込みしたのだろう。おそらく押しかけることを最後の手にし、引っ越しする直前まで待つつもりだ。

〈ただの推測だから大外れしている可能性もある。でも当たっていようが外れていようが、大藪夫人の家庭の事情など僕たちには関係ない。占いを自作自演で的中させ、お得意様になってもらうことに重きを置きたまえ。〉

「あー!」と今になって気がついた。「大藪さんが遠くへ引っ越したら、占いに来られないよ」

リピーターになれないなら、この件を解決する必要はなくなる。私たちが小学校へ行かなくてもいい。

〈電話でも占います。大藪さんが強く念じれば、電話線を伝って水晶玉にビジョンが浮かぶ。そう言っておけば問題ない。僕たちには電話越しの方が騙し易いから一石二鳥だ。〉

「そうだけど……」

完膚《かんぷ》なきまでに言い負かされた。もう反撃の糸口が見つからない。

〈理解したのなら、さっさと電話したまえ。兎小屋の担当に取り次いでもらって、女性教諭が出たら『フランス人の留学生』と言ったあとに、『その彼は』という言葉をどこかに挿《さ》し込んで僕が男であることをさりげなく伝えろ。男性教諭だったら、『その留学生は、ティエリーという名前なんですけど』と言え。無知な日本人は女性の名前だと思うから。〉

嫌々ティエリーに言われた通りに電話してみたら、兎小屋の担当は女性教諭だった。最初は渋っていたくせに、ティエリーが男であることがわかった途端に、二つ返事で見学を了承した。

日本ではフランス人は得だ。大抵《たいてい》の日本人はフランスに行ったこともないのに、お洒落《しゃれ》なイメージを持っている。根拠もなく高い好感度を抱いているから、『フランス人留学生』が売り文句になる。異性なら『どんな人か会ってみたい』と食いつく。

きっとティエリーがフランス人じゃなかったら、小学校は見学を拒否しただろう。彼が日本人を馬鹿にする気持ちが少しだけわかるような気がした。

三日後の夕方、二人で大藪さんの家の近所の小学校へ行く。その道中に、ティエリーが〈小学校に着いたらマスクを外したまえ。不審がられる。〉と指示する。

「嫌よ」

マスクなしでは外へは一歩も出られない。まともに人と話せない。

〈先生は僕が引きつける。麻里は飼育係の子供たちの相手をすればいい。〉

「もう帰る」と私は足を止めてUターンしようとする。

すると、ティエリーが私の右の手首を摑んで引き留めた。そして空いている手でスマホを操作する。

〈いつまで甘えている気だ？『あれも嫌』『これも嫌』と言い続けていたら、何もできない大人になるぞ。自分の境遇に拗《す》ねるのはもうやめたまえ。下を向くな。上にいる人を見習え。一人親家庭でも健全に育った人は世界中に数えきれないほどいる。日本にもごまんといる。〉

「居候のくせに知ったような口を利かないで。嫌なものは嫌なの。私は子供が大っ嫌いなんだから」

〈子供ごときにビビッてどうするんだ？〉

「放してよ。ティエリーはなんにもわかってない。私は小学校の頃に虐められていたの。だから大人よりも子供の方が怖いのよ」

子供を見ると嫌なことを思い出す。『おまえの母親はインチキ占い師だ』『その服は客から騙し取った金で買ったものだから脱げ』『占いで蒸発した父親を見つけてもらえよ』などの言葉が耳の奥で再生される。

〈もう麻里は小学生じゃないんだから、怖がる必要はない。思考力も体力も麻里の方が上だ。強い者には媚《こ》び諂《へつら》い、弱い者には威張り散らす。日本人が得意なことだろ。〉

「心は小学生のままなの」

私の時間はあの時から止まっている。

〈いつまで経っても子供は世の中からいなくならない。でも親はいつかいなくなる。その時までに自立する力をつけておかないと、本当に餓死するぞ。リハビリだと思ってマスクを外せ。〉

「無理！　だって私は小学校を三年も通えなかったんだよ。普通に卒業できなかった私は小学生以下なの。だから威張り散らせない」

〈普通から逸脱《いつだつ》したことに劣等感を持っているのか？〉

「そうよ」

ティエリーは溜息を一つ吐き出してから、スマホを細長い親指で優雅に操る。

〈日本人は本当に『普通』が大好物な民族だ。そしてアジアやアフリカよりも欧米を贔屓《ひいき》する白人至上主義者が多い。だから欧米基準のマスクの使用用途を教えてあげよう。欧米では特殊な職業の人しかマスクをつけない。〉

「風邪の予防でマスクをしないの？」

〈マスクの網目よりもウイルスの方がずっと小さいことを知らないのか？〉

「知らない」

だって商品のパッケージに『このマスクの網目ではウイルスの侵入を防げません』的な注意書きは載っていない。

〈欧米ではマスクをしないのが常識だ。風邪の予防としても、伊達マスクとしても使うことはない。マスクをしていると強盗だと思われる。〉

「ここは日本よ。日本で普通のことが私にとっては大事なの。外国に行く気なんてないし。だから一生、閉鎖的で保守的な島国の価値観でいいのよ」

〈いずれ麻里はフランスで暮らすことになるから、一刻も早く島国根性を捨てるんだ。〉

「なんで私がフランスに？」

〈僕の花嫁になるからだ。僕は占いに導かれ、麻里と巡り会うために遥々《はるばる》海を渡って日本へ来たんだ。〉

「嘘でしょ？」

思い掛けない告白にあたふたする。花嫁って……。急に言われても……。男として見ていなかったし……。結婚なんて考えたことがない。それも外国人となんて……。顔は嫌いじゃないけど……。私なんかがフランスに移住できるのかな？

ティエリーは無表情でスマホに文字を打ち込む。

〈もちろん嘘だ。僕は純血のフランス人であることに誇りを持っている。日本人の血と雑《ま》ざるなんて考えられない。〉

「馬鹿にしないでよ！」

怒りに任せて腕を振ったが、彼の手は解《ほど》けない。

〈僕は馬鹿じゃない人は馬鹿にしない。〉一瞬、麻里はフランスでの生活が頭を過《よぎ》ったはずだ。その瞬間に、日本の価値観を捨てようとした。麻里が持っている価値観など馬鹿らしいくらい軽いんだよ。いつでも簡単に捨てられる。〉小学校に普通に通えなかったことも、気持ち一つで取るに足らないことになる。

言葉に詰まる。ほんのちょっとだけ自分がフランスで暮らしている姿を想像した。暮らせるかどうか真剣に考えようとしていた。

〈兎《と》にも角《かく》にも、麻里に選択権などない。占いの的中率を上げないと、僕たち

に明日はない。ここで小競《こぜ》り合いをしていてもお腹は膨《ふく》れないぞ。〉

「わかったよ。行く。行ってマスクを外せばいいんでしょ」と半ばやけっぱちになって言った。

でも心の真ん中には論破された敗北感がある。おちょくられたのに、彼の方に正当性があるように思えてならなかった。

案の定、飼育係の担当の女性教諭はティエリーを一目見た瞬間から、うっとりした表情になった。さっき私もあんなだらしない顔をしていたのだろうか？　ブルッと寒気《さむけ》がした。汚点だらけの人生だけれど、ティエリーの嘘のプロポーズに高揚したことが最も消したい過去となった。

飼育係の六人の児童はみんな高学年だ。ティエリーの容姿に「王子様だ！」「貴族がやって来た！」「少女漫画みたい！」とはしゃいだ。でも心なしか畏《かしこ》まっているようにも見える。あまりにもイケメン過ぎて近寄り難いようだ。

兎小屋は不衛生じゃなかった。糞《ふん》や食い散らかした餌《えさ》は見当たらない。きっと先生が児童の尻を叩いて掃除させたのだろう。授業参観の時と同じだ。先生も児童も余所《よそ》行きの顔をしている。

家を出る前に、ティエリーのスマホに収めたボヌールの写真を凝視《ぎょうし》して脳《のう》裡《り》に焼きつけておいたのだが、大藪さんの愛する兎は見つからなかった。同じ品種すらいない。ティエリーの推理は外れた。

高慢《こうまん》ちきなフランス人は落胆する様子を微塵《みじん》も見せずに兎小屋から出ると、スマホを使って先生とコミュニケーションを取る。手筈《てはず》通りに私は子供たちへの訊き込みを恐る恐る始める。

「この小屋にいる兎はずっと七羽なの？」と六人の中で一番わんぱくそうな男子に質問する。

本当は大人しそうな子に訊きたかったのだが、ティエリーに《口が軽そうなお調子者に訊け。》と指示されていた。

「前は、八羽いた」

「前って？」

「二週間くらい前」

口調は強気だけれど、どことなくモジモジしている。私と目を合わせようとしない。ひょっとして私に緊張しているの？

「どうしていなくなっちゃったの？」

その男子は兎小屋の外にいる先生をチラッと見てから声を潜めた。

「先生は『鍵が壊れていたから夜中に逃げ出した』って言ってるけど、俺は違うと思う」

「なんで？」と私も小声にする。

「兎の力じゃ鍵は壊れないよ。外から鍵を壊して盗んだ奴がいるんだ」

この地域で兎泥棒が多発しているのか？　なんの目的で？

「犯人に心当たりはあるの？」

「心当たりも何もみんな噂してるぜ。『大藪幸音《ゆきね》』が食べたって」

大藪さんの娘？

「男子たちだけの噂よ」と女子のリーダー格が口を挟んだ。「根も葉もないデマを流したら、大藪さんが可哀想《かわいそう》でしょ」

「根も葉もあるよ。うちの学校に兎を食べそうな奴はあいつしかいねーだろ」

「それってただの思い込み。何も証拠がないくせに」

「食べてねーって証拠もねーだろ。あるなら出してみろよ」

「そっちが先に出しなさい」

「いい子ぶるな。おまえら女子だって大藪のことを笑い物にしていただろ」

「してない」と声を荒らげて否定したけれど、私へのアピールであることが見え見えだった。

この女子は性質《たち》が悪い。自分の手を汚さずに常に安全地帯から虐めを見物している。風向き次第でどっち側にもいい顔をする性悪だ。

「嘘つくな。俺はこの耳でおまえらが大藪の悪口を言ってるのを聞いたぜ」

「証拠は？」

「ねーけど、神に誓って証言する」

「私だって『悪口を言ってない』って神に誓える」

「嘘つき！」

「ついてない！」

二人は先生が止めに入るまで言い争った。その間に私は他の子に大藪幸音やこの学校にいる外国人の児童について訊ねた。最初に一番の悪ガキに質問したからか、もう物怖《ものお》じすることはなかった。

小学校を出てから、ティエリーに子供たちから得た情報を話す。そっくりそのまま伝えようとしている最中に、彼は〈大藪夫人の娘に言いがかりをつけて虐めるなんて、日本の子供は低能だな。〉と茶々を入れた。

「日本の虐めってそんなもんよ」

〈低能すぎて反吐《へど》が出る。日本人は家庭で兎を食べる習慣がないんだから、大藪夫人の娘が容疑者になるはずがない。〉

「ん？」と引っかかる。「尾行中に大藪さんの顔をしっかり見てないの？」

〈見た。五十路《いそじ》手前くらいで美人の面影を残した夫人だろ？〉

「わかってなかったの？」と私は呆《あき》れ返る。

〈何が？〉

「大藪さんは日本人じゃないよ」

日本人の目からは大藪さんはどこからどう見ても外国人だ。同じ東洋人ではあるけれど、日本人でないことは一目で見分けられる。

ティエリーは澄まし顔のまま。いつもと変わらない動作でスマホを操作し、私の眼前に突き出す。

〈それは盲点だった。名字の『大藪』に騙されたよ。日本では妻は夫の所有物だから、夫婦別姓じゃなかったな。〉

小癪《こしゃく》な奴だ。素直に自分のミスを認めたと思いきや、何事もなかったかのように嫌味を吐いた。

「フランス人はみんなティエリーみたいに捻《ひね》くれているの？」

〈僕の国では『個』を尊重しているから、一括《ひとくく》りにはできない。『集団のために個がいる』と教育されている日本とは真逆なんだ。ところで、大藪夫人はどこの国の人なんだ？〉

私が大藪さんの国籍をティエリーに教えると、〈道理で兎に固執しているわけだ。あの国でも占いが盛んらしいから、大藪夫人は兎に縋っていたんだな。〉と一人で納得する。

「兎ってなんか縁起がいいの？」

ティエリーはチノパンのポケットから猫の尻尾《しっぽ》のようなキーホルダーを出し

て私に渡した。ふわふわした感触。人の親指ほどの大きさで薄茶色のファーで覆われている。

「これって何？」

〈先っぽの方の毛を掻き分けてみたまえ。〉

やってみたら硬いものがあった。牙《きば》のようなものが三本。なんだろう？　なんか不気味……。

「なんなの、これ？」

〈兎のうしろ足。〉

思わず変な悲鳴が出る。と同時にそのキーホルダーを宙に放り投げていた。

ティエリーが事も無げにキャッチし、スマホに〈乱暴に扱うな。大切なお守りだ。〉と打ち込んだ。

「よくもそんなものをお守りにできるわね」

気色が悪いったらない。手放しても背筋におぞましいものが残っている。

〈兎は多産であることから、繁栄のシンボルとされている。おそらく大籔夫人は子供に恵まれないことを悩み、兎の繁殖力の強さに肖《あやか》って飼い始めたん

だ。ちなみに『ボヌール』はフランス語で幸運を意味する。〉

ボヌールは十歳。大藪さんは四十代後半くらい。一人っ子の大藪幸音は九歳だから、遅くにできた子だ。きっとボヌールを飼ったあとに授かった子供だろう。ティエリーの推理力には舌を巻く他ない。

〈このラビットフットは欧米ではポピュラーなお守りだ。日本人は正月に子宝と子孫繁栄を願って数の子を食べるそうじゃないか。それと同じ縁起物だ。〉

「同じにしないで。ラビットフットは惨《むご》すぎるよ」

〈それを言ったら、魚卵を食べるのも惨いことになる。生まれたばかりの生命を貪《むさぼ》るんだからね。キャビアとカラスミ以外の魚卵はほとんど日本人しか食べない。そのことを知らないのか？〉

「本当に？」

イクラもタラコもブリ子も食べないの？　なんで？　美味《おい》しいのに。

〈欧州では普通のことだ。兎の足をお守りにすることも、兎を食べることも普通だ。〉

「ティエリーも兎を食べるの？」

私は食べたことがない。食事に出されても可哀想に思えて喉《のど》を通らない気がする。

〈もちろん。〉

「あんな可愛い小動物をよく食べられるね」

〈偏見大国の国民らしい意見だ。麻里はどうして兎の数え方が『羽《わ》』なのか知らないだろ？〉

私は頭を横に動かす。今まで一羽、二羽と数えることに疑問を抱いたことは一度もなかった。そういうものなんだな、と頭にインプットしただけ。

〈昔は仏教の教えで肉を食べるのが禁じられていたが、魚や鳥は食べても問題ないことになっていた。だからどうしても兎を食べたい人たちが『兎を鳥の仲間にしよう』と無理やり決め、数え方を鳥と同じにしたんだ。〉

「そんな理由で？」とたまげる。

〈諸説あるが、本当に食い意地のために神の教えを捩《ね》じ曲げたのなら、畏《おそ》れ多い所業だ。そんな意地汚い遺伝子が麻里にも脈々と受け継がれている可能性がある。何はともあれ、自国のことも満足に知らない麻里に他国の文化を否定す

る資格はない。無知なら、ただただ異文化に敬意を払いたまえ。〉

私よりもティエリーの方が日本について詳しくて恥ずかしい。言い負かされた私は話を変える。

「だけど、なんで幸音ちゃんだけが犯人扱いされるんだろう？　あの小学校には他にもアジア人のハーフが三人、欧米人のハーフは二人いるのに」

〈自分の部屋でネットサーフィンばかりしているなら、少しはニュースもチェックすればいいものを。およそ二週間前に、雑草駆除のために放し飼いにされていた山羊《やぎ》を外国人が盗んで食べた、という事件があった。〉

「それ、知ってる」

薄《うっす》ら記憶に残っていた。うろ覚えだけれど、その外国人の国籍は大藪さんと一緒だ。ネットの記事では、その国では山羊の他に猫を食べる習慣があることが紹介されていた。そのニュースが流れた直後に兎小屋から一羽いなくなったから、大藪幸音が疑われたんだ。

〈大藪夫人の娘は不運だった。先生から訊き出した話によると、兎小屋からいなくなった兎は病死だった。児童がショックを受けると思って逃げ出したことにしたそうだ。おそらくモンスターペアレントに、『子供に凄惨《せいさん》な現実を突きつけてトラウマになったらどうするの？』などとクレームをつけられるのを恐れたんだと思う。〉

　彼の言う通り保身だろう。児童想いの先生なんて現実世界に存在しない、とまでは断言しないけれど、あの女性教諭からはきな臭さしか感じられなかった。私の担任も同じ臭いを発していた。平然と虐めを見て見ぬふりをし、何があっても素知らぬ顔を押し通した。

「先生が我が身可愛いさからついた嘘で幸音ちゃんが苦しむことになるなんて、とんだ災難だね。だけど、幸音ちゃんが兎の失踪で虐められているなら、ボヌールを隠した犯人じゃなさそう」

〈その根拠は？〉

「だって、兎小屋から一羽いなくなっただけでも散々罵倒《ばとう》されているんだよ。家で飼っているボヌールが失踪したことを学校の男子たちが知ったら、『今度は自分の家の兎を食べた』って思われて虐めがエスカレートするに決まってる。いくら子供でもそれくらいの想像力はあるよ」

大藪幸音が『元気に生きてるよ』とティエリーに言ったのは、ボヌールのことじゃなかったのかもしれない。兎小屋から消えた兎が無事に戻ってくれば自分への疑惑は晴れる、という願望から強く言い切ったんじゃ？

〈大藪夫人の娘が誹謗《ひぼう》中傷を受けるよりも引っ越しを嫌がっているなら、転校を阻止しようとしてボヌールを隠すこともあり得る。〉

そっか、と簡単に論破された。どうしても学校に通いたい理由があれば、虐めを耐え忍ぶことができる。好きな男子がいる、とか。親友と離れ離れになりたくない、とか。

学校に何一つ希望を見出せずに逃げ出した私には、『虐められないことよりも優先順位が高いことがある』という思考に至れなかった。もっと頭を柔らかくして大藪幸音の立場に立って考えなくちゃ。

〈シンプルに頭を使いたまえ。子供なんて単細胞なんだから、複雑に考える必要はない。『兎を食べた』程度の言いがかりで心を痛める繊細《せんさい》さなど子供にはない。『食べてない』と言い返せばいいだけのことだ。〉

「あっ！」と不意に閃《ひらめ》いた。「幸音ちゃんは『ボヌールがお母さんに食べられちゃう』って誤解して逃がしたのかも?」

〈随分と突飛《とっぴ》な発想だな。〉

男子の弱い者虐めは手加減がない。残虐《ざんぎゃく》でしつこい。いつまでもからかい続ける。大藪幸音がどんなことを言われているのか、私には容易に想像することができる。

「おまえが飼育小屋の兎を食ったんだろ！　正直に言えよ！」

「食べてないもん！」

大藪幸音がどんなに大きな声で否定しても、虐めっ子たちは取り合わない。

「家で飼っている兎も食べる気なんだろ?」

「食べないよ！　私、一度も兎を食べたことないもん！」

「じゃ、いつか知らないうちに食べさせられるぞ！　肉料理が出てきたら気をつけろよ！」

「お母さんはそんなことしない！」と母親を庇《かば》う。

「おまえが知らないだけで、母親は食用で飼っているんだよ！」

「嘘よ！　お母さんはボヌールを大事にしているもん！」

「食べるために大事にしているだけだ！　おまえの母親は足のある動物はなんだって食べる人種なんだぜ！　猫だって食べるんだ！」

「嘘はやめて！」

「おまえの母親の国では猫も食べるんだぞ！　調べてみればわかるぜ！」

毎日毎日虐めっ子たちに揶揄《やゆ》されていたら、ちょっとずつ疑心暗鬼《ぎしんあんき》に陥っていっても不思議じゃない。少なくとも私はそうだった。私も同じような目に遭っていた。『おまえの母親はインチキ占い師だ！』と言われる度に、母へ向ける疑いの目を鋭くしていった。

それを契機にして母との確執が生じたんだ。母の占いをインチキと決めつけ、ことあるごとに反抗した。今思えば、私は虐めっ子たちの言葉を鵜呑《うの》みにしていただけだったのだろう。

「幸音ちゃんは虐められているうちに、母親への不信感が芽生《めば》えちゃったんじゃないかな？　虐めっ子の言葉に扇動《せんどう》されて母親の祖国の食文化を調べてみたら、猫や兎を食べることを知ってショックを受けたのかも」

〈子供らしい健気さを感じさせる非常に興味深い推理だ。しかし性善説に寄り過ぎるのは如何《いかが》なものか。平和ボケの日本人は危機意識が薄いから困り者だ。〉

「ボケッとしていて悪かったね」と不貞腐《ふてくさ》れる。

〈ただ、虐められた経験のある麻里は僕にはない視点を持っていることは認めざるを得ない。可能性の一つとして頭の隅に留めておこう。テレビドラマなどでは、探偵助手の愚鈍《ぐどん》な一言が事件を解決するキーになることもあるし。〉

「それって褒めてんの？　けなしてんの？」

回りくどい上に嫌味を盛り込むから判断がつかない。本当に面倒くさい奴だ。

〈どちらでもいいことだ。また、僕と麻里の推理のどちらが当たっているのかもどうでもいい。二人とも外れていても構わない。何故ならこの件はとっくに解決しているからだ。〉

「解決？」

〈三日前、大藪夫人の娘に会った時、僕から逃げ出そうとした娘の腕を摑んで引き留め、《実は、ボヌールが見つかったんだ。遠くで保護されていたんだけど、環境に慣れなくて死んじゃってた。ほら、兎は寂しくなると死ぬって言うでしょ。》と鎌《かま》をかけてから、ラビットフットを見せた。〉

ティエリーはラビットフットの金具のホルダー部分を手の中に隠すようにして持ち、兎のうしろ足の爪先を私の鼻先に近付ける。私は反射的に仰《の》け反《ぞ》る。

そうやって大藪幸音のことを脅《おど》したんだ。

〈動揺した大藪夫人の娘に《僕の国では兎の足をお守りにする風習があるから、切り取って貰ってきちゃった。》と誘導尋問をしたら、呆気《あっけ》なく『私のせいで……。動物園なら一緒に育ててくれると思ったから……』と白状した。〉

「なんてひどいことを」

〈フランスでは何歳であろうと個として扱う。悪いことをしたら大人も子供もない。他人の子でも厳しく叱る。だからフランスの子供は日本人とは違って行儀がいい。挨拶や食事のマナーなど基本的なことがきちんとできる。〉

「って言うか、小学校に行く必要はなかったんじゃ？」

〈麻里のリハビリだよ。うちにニートは二人も要らない。〉

「三次元の地図の西南西って、まさか？」

〈無論、出任せだ。〉

なんなんだ、この男は！　好き放題に私を振り回しておいて……。でももしかして私がトラウマを克服できるよう配慮したのかも？　いや、考え過ぎか。ティエリーに人間らしい感情があるわけがない。私を玩具《おもちゃ》にして楽しんでいただけだ。そうに決まってる。

〈さて、ボヌールを回収しに行くから、ついてきたまえ。〉

釈然としない気持ちを抱えながら無言でティエリーの後ろを歩き続けること一時間少々、動物園に到着した。大藪幸音の供述によれば、リュックにボヌールを入れ、自転車で三十分ほどかけて自宅から最寄りの動物園へ行った。そして『ふれあいコーナー』に二十羽ほどいた兎の中にこっそり紛れ込ませたそうだ。

私が飼育員に「知り合いのハーフの子が『お母さんが兎を食べちゃうかも』って不安になって、ここに兎を放したらしいんですが」と訊ねたら、すぐにボヌールを連れてきた。

飼育員は「危なかったですよ。あと二日遅れていたら、殺処分するところでした。動物園なら飼ってくれると勘違いして捨てる人が多いんですよね」と苦々しい顔をして言った。今にも命の尊さについて説教しそうに思えたから、早口でお礼を言って立ち去った。

それからティエリーが迷い兎の貼り紙に載っていた大藪さんの連絡先に、〈今さっき、天辺に鐘がついている時計台のある公園でボヌールを捕まえました。〉とメールを送った。大藪さんはその公園へすっ飛んでやって来て、涙ながらにティエリーに感謝した。

私は目や声で『FUKO』の占い師であることが発覚する心配があったので、物陰に身を潜めていた。ティエリーは大藪幸音のことには一言も触れずに〈偶然、公園で捕まえた。〉とだけ伝えた。彼曰《いわ》く、娘を叱れない母親に告げ口しても無駄だから真相を報告する必要はない、ということだ。

大藪幸音は死んでいたと思っていたボヌールが戻ってきたことにパニックに陥るだろうが、良いサプライズなので大きな問題にはならない。これで、一件落着だ。

次の日、大藪さんから「ボヌールが戻ってきたんです！　直接お礼を言いたいので、明日伺《うかが》ってもよろしいでしょうか？」という電話がかかってきた。もちろん私たちは快諾《かいだく》した。リピーターにするチャンスだ。

ところが、大藪さんは約束していた時間より三十分も遅れて来店した。その間、テーブルの下で待機していたティエリーは苛々《いらいら》しっ放しだった。部屋に入ってくるなり大藪さんは「遅くなってすみません」と大慌《おおあわ》てで謝る。

彼女が右手に持っていたメッシュ素材のキャリーケースの中にボヌールが入っていた。でも兎よりも左手で引いていた大きなスーツケースの方に目を奪われる。私の視線に気付いた大藪さんは「これから国に帰るんです」と説明する。

まさか、彼女の母国は日本から西南西？　メルカトル図法の世界地図を頭に描く。南西であることは間違いなさそうだけれど……。

「ボヌールが見つかって本当に良かったです。もう私にはこの子しかいないから」

口の中が急速に乾燥した。

「お子さんは？」と私は潤《うるお》いに欠けた声で訊く。

「やっぱり駄目でした。でも楓子さんの助言の通りにちゃんと夫の親と話をしてみたら、私も『豊かで安全な日本で暮らすのが日本語しか話せない娘にとって一番いいことだ』と思えました。子供と離れ離れになるのは寂しいけど、離れても私にできることを一生懸命にやります。この幸運の兎がいれば大丈夫です」

大藪さんは私の母に離婚や親権のことを相談していたのか。そして大藪幸音は母親と別れたくなくてボヌールを隠したんだ。私とティエリーが画策したことが親子を引き裂くことになるなんて……。

「あの、勝手で申し訳ないのですが、飛行機の時間が迫っているので、もう失礼します。大幅に遅れておきながら、すみません」

「いいえ、お忙しい中わざわざありがとうございます」

「楓子さんにはどうしても会ってお礼を言っておきたかったんです。本当にありがとうございました」

ティエリーに《電話占いのことを伝え忘れるなよ。》と指示されていた。でも私の口は自然と「その兎が一緒ならあなたは大丈夫です。どこへ行っても幸運が訪れます」と動いた。

「はい。頑張ります」

大藪さんは深々と頭を下げてから占いの館を出て行った。いつもなら相談者がいなくなるとすぐにティエリーがテーブルの下から出てくるのだが、なかなか姿を見せない。どうしたんだろう？　彼の指示から外れた発言をしても脛を叩かれなかったし。

「ティエリー？」と呼びかけたけれど反応がない。

テーブルの下を覗こうとしたら、テーブルクロスが捲られてスマホを持った手が出てきた。

〈日本で生まれ育つと、半分外国人の血が混ざっていても、真っ直ぐに自己主張できない子供になるんだな。紛らわしいことをしやがる。なんで素直に『お母さんと一緒にいたい！』と泣き叫べないんだ？　とりあえず、子供の悪《わる》足《あ》掻《が》きに僕たちが責任を感じることはない。ボヌールが永遠に見つからなかったとしても、精々数ヶ月の延期にしかならなかったはずだ。いずれにしろ大藪夫人は母国へ帰ることになった〉

子供の切なる願いを踏み躙《にじ》っておいて、なんて言《い》い種《ぐさ》だ。やっぱりティエリーには人間らしい感情が欠如しているんだ。

彼の手が引っ込むと、テーブルの下から陽気なカントリー調の音楽が聞こえてきた。スマホで流しているようだが、耳に馴染みのない曲だ。フランス語か？　どんなことを唄っているのか意味不明だったけれど、所々でノイズが交ざる。スマホの調子が悪いのか？

それがティエリーの漏らした声だと察したのは、曲が終わりかけの時だった。えっ！　これってティエリーの声？　しかも咽《むせ》び泣いているような……。

まさか、初めて聞く声が嗚咽《おえつ》なんて……。

なんで？　大藪幸音の想いを台無しにしたから？　確かに、心がずしりと重くなったけど、泣いて悔やむほどのことじゃないよ。ティエリーってそんなにナイーブなの？　本当は繊細で優しい人間なのか……。

ひょっとしたらティエリーも一人親なんじゃ？　いくつか思い当たることがある。親孝行の話をした時に、彼はお母さんのことしか言わなかった。一昨日『一人親家庭でも健全に育った人はいる』と主張したけれど、自分のことも含まれていたのか？

ティエリーも『一緒にいたい！』と親に泣き叫べなかったのかもしれない。本当にそうなら、彼には大藪幸音の気持ちが痛いほどわかる。子供の頃の自分と重ね合わせて心を震わせているんだ。

私はそっと席を立って自分の部屋へ向かう。一人にさせてあげよう。必死に押し殺そうとしている声は聞いちゃいけない。それに私も一人になりたい。あの場にいたら私も泣いてしまいそうだった。

キョンちゃん

鹿島田真希

嫌な予感が的中した。高校時代の同級生であるルミに、「私が奢《おご》るから会おうよ」と誘われて、のこのこ焼き鳥屋へ行ったのは、やはり軽率だった。よく考えれば、この図々しい女が、何の目的もなく俺にご馳走《ちそう》などしてくれるはずがないのだ。

確かに、ルミが案内してくれた店のコブクロ刺は旨《うま》かった。ホッピーの焼酎《しょうちゅう》の量も多かった。この店、これで儲けはあるのだろうか、と思ったほどだ。しかし、二人で乾杯してホッピーを飲み干し、俺が「あー、旨い」と呟《つぶや》いた瞬間から、ルミの魂胆《こんたん》は様相を露《あら》わにし始めたのだ。

「ここのホルモン刺、新鮮でしょう?」

「うん。久しぶりだよ。最近の焼き鳥屋って、こういう刺身置いてないよな」

「そうなの。すぐなくなっちゃうから、この店、三日前から予約したんだよ」

いつもなら友人と希少なホルモン刺を争うようにつつくのだが、ルミはあまり手をつけない。

「三日前? ここ、そんなに人気店なの? 雑誌に掲載されたとか?」

「雑誌。そうだね。ていうかあんた、歯学部だよね?」

ルミ、今、「ていうか」って言ったよな、とその時思った。「雑誌、ていうか、歯学部」ってどういう意味だ？　そういう時、「ていうか」って接続詞使うのか。まあいいか。ホルモンも、ホッピーも旨いし。酩酊《めいてい》してきたから、そういう細かいことは、あまり考えるのはよそう。ていうか、こいつ（ところで俺の、ていうか、の使い方は正しいのだろうか）高校時代から成績もあまり良くなかったし、言葉の使い方を間違えるなんて、いつものことじゃないか。

俺はその瞬間すっかり油断し、そして忘れていた。その成績の悪い女が、俺に宿題を手伝わせたりして、なにかと自分を利用してきたという過去を。

「ねえ、キョンちゃんに誰か紹介したいんだけど」

「は？　キョンちゃんって誰？」

「友達。こっちが勝手にそう呼んでるんだけどね。とにかく友達。私、他人の縁結びをすると、いいことがあるって占いで言われたんだ。いいでしょ？」

と、俺のホッピーの中《なか》を追加注文するルミ。殺人的な量の焼酎が再び目の前にやってくる。もう俺はしたたかに酔ってしまっていた。しかし俺、よく考えろ。それって俺と、俺の友達と、ルミと、キョンちゃんの四人の合コンってことだろ？　友達も連れてこいって言うってことは、俺にキョンちゃんを紹介したいわけじゃないみたいだし。俺とルミは知り合いなわけだから、こいつが計画しているのは、俺の友達とルミの友達をお見合いさせるってことじゃないのか？

「じゃんじゃん飲んで。ねえ、いつにする？」

もう手帳を開いてスケジュールを確認するルミ。この女の恐ろしいところは、俺から思考する時間そのものを奪い、自分のやりたいことを強行するというところなのだ。

「でも……」

「あのさあ。この店、予約取るのすごく大変なんだよ？　雑誌に載ってから、急に人気店になっちゃって。合コンぐらい別にいーじゃん。あんた何も損してないでしょ？　今日は私の奢りなわけだし。単なる交換条件だよ。誰か素敵な人いない？」

うーん。なんかフェアじゃない気がする。交換する条件があるなら、奢る前に言ってほしかった。それが筋ではないのか。しかしもう俺は既に奢られてしまっている。今や、焼き鳥屋の名店ならではの、ハンバーグのようなパテに卵黄が載っている「あのつくね」が目の前にある。「食べて食べて」と勧めてくるルミ。タダより怖いものはない。

「でもさ、ルミ。俺の友達、冴えないヤツばっかりなんだよ」

「そうかあ。じゃあ、特別素敵な人じゃなくてもいいからさ。この前、学園祭で会った、親友の山野君？　彼でいいよ」

え、山野？　あいつでいいの？　何故《なぜ》か俺は安堵してその合コンを承諾してしまった。

交渉が成立すると、俺とルミは深夜まで飲み明かした。

次の日の朝。激しい二日酔いに見舞われながら、昨晩の出来事を反芻《はんすう》して、非常に後悔した。何故俺はあんなお見合いを請け負ってしまったのか。そうだ。「山野でいい」という言い方に、油断させられてしまったんだ。初めに「素敵な人」を要求しておいて、「素敵でない山野君でいい」と条件を下げる。筋者《すじもの》のようなブラフ。恐喝《きょうかつ》や交渉術の常套《じょうとう》手段じゃないか。ルミのヤツ、昔から勉強はできない癖に、そういう知恵は働くのだ。

山野でいい、だって？　あいつだから駄目なんだよ。

「えっ合コン？　行ってみたい」

その日の昼休み、俺は学食で気が進まないまま、山野に打ち明けた。

山野は背の高い、黒目の大きいハンサムである。

「合コンっていっても、四人だし、俺と俺の女友達がそこに交ざってるから、要するに、お前と向こうの友達の女の子をお見合いさせたいって意味だと思うんだけど」

「ふーん。四人だとお見合いっていう名前に変わるんだ。とにかく、なんでも経験してみたい。そういうの誘われたことないから」

大きい黒目をさらに大きく輝かせる。どうやらお見合いの意味がわかってないらしい。山野よ、何故お前が合コンに誘われないのか、俺にはわかる。それは、お前が馬鹿だからだ。

「とにかく、来週の金曜日、友達のルミが、キョンちゃんって子に会わせたい、居酒屋に集まろうってさ」

「キョンちゃん？　素敵な名前だね。どこの国の子？」

「日本人に決まってるだろ。キョンちゃんっていうのは、たぶん愛称だよ。どうせキョウコとかいう名前なんだろ」

「キョウコさんだから、キョンちゃん？　そうかあ。まあいいや。どうせ僕、日本語しか話せないし」

　俺は溜息をついた。日本語しか話せない、とか言ってるけど、時々、山野と話が通じているのかわからなくなる。「日本人かあ。そうかあ。ヨツメジカのキョンだったら、台湾あたりにいるんだろうけど」

　山野の趣味は登山である。登山の醍醐味《だいごみ》の一つに動植物の観察と記録があると彼は言う。俺は、そんな山野が将来、大学を卒業して、現代社会に適応できるのか、親友として非常に不安である。登山者が皆、山野のように馬鹿で、ずれているわけではないと思うのだが。

「もしかして、キョンちゃんって臆病《おくびょう》な性質？」

「お前さあ、会うのは人間だぞ？　シカじゃないからな」

「うん」

山野はにやける。女を想像している割にはどこかピュアな笑顔なので、逆に心配だ。

キョンちゃんとは一体どんな女性なのだろう。性質《たち》の悪い女でないといいのだが。そもそも、ルミは何故このようなお見合いの形を望んだのだろうか。もしかして、よっぽど人気がない女じゃないのか。大人数の合コンで、相手が見つからなくて、いつも余ってしまう女を押し付けてきたんじゃないのか。

このように阿呆《あほ》の山野であるが、実は俺なんかよりもずっと多くの女性と交際している。いや、騙されていると表現した方がいいだろうか。「恋愛っていうのは理不尽なものなんだ」と何度騙されても懲《こ》りない。「そこに女があるからだ」、「僕は女が好きだから」とどこかで聞いたことのある言葉で繰り返し恋愛する理由を語っていた。

高めの女であるほど、山野は燃え上がる。征服すると、いかにその女のために自分が苦労したか、嬉しそうに話す。そしてその女とデートして、写真に収めて、観察、記録する。世話は焼けるが、やはり山野はどこか憎めない親友である。だから軽はずみに性格の悪い女など紹介したくないのだ。容姿だけで判断して、「山野を紹介してくれ」と持ちかけてくる女は沢山いる。今まで全てその要求を拒否してきたというのに。

そもそも女の方だって、山野のうつけ加減を知ったら幻滅するんじゃないか？　顔に「馬鹿です」と書いてあるわけじゃないからな。紹介してくれ、とか言っておきながら、騙された、とか訴えられたら、たまったものではない。

「ねーねー僕、受験する時、この大学のこと鹿大学だと思ってたんだよねー」

考えに耽《ふけ》っているのに、歯科と鹿のダジャレで水を差す山野。よくそれでこの大学受かったたな。

「なあ、山野。持ちかけておいて変かもしれないけど、気をつけろよ。どんな女かわからないんだから。俺もまだ会ったことがないんだ」

「気をつけろってどうして？　どんなに危険だって言ったって、肉食系ってよりは、草食系なんだろ？」

うーん。どうして草食であることにそんなに確信があるのか。

そして彼はこう付け加える。

「こっちだって慎重に近づいて、よく生態を観察するつもりだし」

そうはいっても、居酒屋で向かい合って酒を酌み交わすのであり、山の中腹の池の水を飲んでいるのを遠くから眺めるわけではない。

「山野、油断するな。皆、ナーバスになってたりすると、警戒して牙を剝《む》いたりするものだ」

あれ、俺もなんだか変なことを言っているような気がする。

「そんなこと知ってるよ。経験者だもの」

「そうか。ならいいけど」

「それに、気を許してくれたら、懐《なつ》いてくれることだってあるんだぜ」

「おう……そうだよな」

キョンちゃん。一体どんな子なんだ。本当に人間なのか？　俺もなんだかわからなくなってきた。

「そもそもあっちはメスでしょう？　僕の方は一応オスなわけだから、むしろこっちが発情しちゃうっていう可能性だってあるじゃないか。キョンちゃんとフィーリングが合ったら、子供だって欲しくなるかもしれないよ？」

フィーリングってどうやって確認するんだろう。あれ、俺なに考えてんだ。

今、もしかして、フェロモンみたいなもの想像した？　いかんいかん。居酒屋でしゃべって共通の話題があるかとか、そういうことだろ？　それがヒトのフィーリングだろ？　しっかりしろ。

「そもそもお見合いみたいなものなんでしょう？　一対一の。すごく幸運だよなあ」

と香水を首筋に吹きかけながら、呟く山野。それが発情フェロモンに見えてきてしまう。

「そんなに幸運か？　気の合わない女を押し付けられるかもしれないのに。断りにくい、とか思わないのか？」

「僕は断る身分になったことないもの」

嘘だー。山野、鏡見てみろ。お前、結構良い男だぞ。確かに馬鹿だけど。馬鹿でもいいから、山野君と付き合いたい、っていう女だっていっぱいいるんだぞ。山野、お前は断る身分の恋愛カーストに属している男だぞ。

「だって普通さ、メスを巡ってオスは喧嘩《けんか》するだろ？　角《つの》ぶつけあったりしてさ。一対一のシチュエーションをあてがわれるのって、繁殖《はんしょく》の難しい、絶滅危惧種ぐらいなものじゃないか。パンダとかさ。いい身分だよな」

確かにパンダはいい身分だ。密室でメスをあてがわれて、どうぞセックスしてください、と祝福される。俺だって、パンダの繁殖のニュースを聞くたびに、遊具のタイヤが大人のオモチャに見えるぐらいだ。

しかし山野。俺たちだってヒトじゃないか。ヒトにだって、メスを選ぶ権利はあるはずだ。メスを巡って角などぶつけあったりする必要はないんだ。そもそも俺たち角なんかないじゃないか。山野、しっかりしてくれよ。お前やっぱり相当馬鹿だ、ウマシカだ。

翌週の水曜日、ルミから電話がかかってきた。お見合いを延期してほしいとのことだった。キョンちゃんはもしかすると、盆休みを利用して、帰郷するかもしれない、とルミが気を利《き》かせたのだ。

「振り回してごめんな。せっかく今日、空けてもらったのに」

「いいよ。こういうのは、深追いしても逆効果だからさ」

とアルパカの尻を撫《な》でる山野。

スケジュールに穴が開いてしまって、暇を持て余していた俺たちだったが、山野の提案で、動物園内の、子供動物園に行くことになったのだ。小動物に餌《えさ》をやったり、触ったりできる場所だ。

特別、動物に興味などない俺だったが、あのふさふさとした毛並みを見たら、急に癒《いや》されてしまった。しかし撫でようと思って、頭に手をかざすと、動物たちは去って行く。

「どうせしつこくしても、嫌われるだけだよ」

と山野はつかず離れずの距離で、アルパカの背を撫でながら、呟いた。

「キョンちゃんの実家って、もしかして奈良？」

山野。誰も公園で煎餅《せんべい》を食べているとは言っていない。

「今頃、ふるさとにいるのかなあ」

と、山野は餌をばら撒《ま》いた。

「ルミが気を利かせたらしいけど、実際そうなんだろう。学生の一人暮らしで、お金がなくなったんじゃないか？　俺も小遣いなくなると、実家に帰って、ついでに少し借りようかなあ、と思う時はあるからな。金は貸してくれなかったとしても、ご飯にはありつけるし」

「そういうことだったら、十分栄養つけてほしいよなあ。せっかく会っても、空腹で凶暴化してたら意味ないし」

凶暴化。思い出した。奈良公園へ行った時のことだ。煎餅を与える前から、鹿が袋の中を探り当てて、食いついてきた。蹄《ひずめ》で背中を蹴ることもあるらしい。

「……凶暴化してるかはともかく、俺だってアルバイトしてるけどさ、二束三文にもならないよ。授業もあるから、そんなに働けないし。割のいいアルバイトなんか沢山はないだろ？」

「キョンちゃんは、どこでバイトしてるの？」

「そういえばルミと同じ大学じゃないらしいから、バイトの同僚かもしれない。と、いうことはケーキ屋か」

「ケーキ屋。ふーん」

山野のところに、五、六匹のアルパカが集まってくる。嫉妬《しっと》と羨望《せんぼう》の眼差《まなざ》しで、彼を見る子供たち。俺だって思う。何故、こいつのところにばかり寄ってくるのか。しかし俺は少し恥ずかしい。

「ケーキ屋で唯一ボーナスが出るのって、クリスマスケーキ売ってる時期だけなんだって。ルミはクリスマスにデートもしないで働いてるって、毎年こぼしてるよ」

「毎年、角のついたカチューシャしてる女の子よく見かけるよね」

「えっ。クリスマスのコスプレっていったら、サンタだろ？」

「三角帽子の子と、角の子と両方いるじゃないか。もちろん僕はトナカイ派なんだけどさ」

バニーガール。猫耳。俺だって動物のコスプレをした女性に欲情しないわけではない。しかしそれは、半分動物であるからセクシーなわけで、一〇〇パーセント動物であるなら、それはコスプレじゃなくて、ウサギやネコそのものを飼育すればいいだけなんじゃないのか？

なあ山野、お前もそうだよな。そうだと言ってくれ。トナカイの角をつけた、あくまでもヒトの女性がいいんだよな？　トナカイそのものでもいい、とかカミングアウトしないよな？

「会えないと、キョンちゃんの妄想《もうそう》ばっかり広がっちゃうなあ」

山野は惚《ほ》れ惚《ぼ》れとしている。どんな妄想をしているのだろうか。

「ねえ、モテたことある？」

ふと、山野は俺に尋ねる。

「そりゃあ俺にだって、人生に一度ぐらいはあるよ」

「へーえ、どんな感じだった？」

興味津々で俺を覗《のぞ》き込む。

「高校生の時かな。サッカー部でミッドフィルダーだったんだ。その時、シンクロ部にマドンナ的な存在がいて、その子と交際してた」

「その子を巡って色々あったんだろうね。頭突きあいとか」

「頭突きあい？……いや。確かにその子を好きな男は結構いたけど。とにかく自分に魅力がありさえすれば良いって思ってたから、その子のことも気にはなってたけど、サッカーを頑張ったんだ。そうしたら、向こうから告白してきたんだよ」

「いかにも選ばれたって感じだね。きっと身体性の高さを評価されたんだ。つまり強い遺伝子を持っていることをアピールしたんだね」

はあ、といかにも共感してないことが伝わってしまうような相槌《あいづち》を打ってしまった。

身体性？　遺伝子？　俺はただいっぱいゴールを決めて、格好良さをアピールしただけだよ。

そういえば山野はたまに居酒屋でうなぎの肝とか精のつくものを食べている時がある。気味悪がる女さえいた。顔はスペイン人って感じなのに。好きな食べ物も、サングリアとパスタって感じなのに。だけどもしかして山野にとってあれはメスに対する生殖能力の高さの主張だったのか。

山野。主張の方向性が間違ってるぞ。自分がどのようなキャラクターと見なされているか、認識してくれ。自己を見つめて、おしゃれな山野君をもっと演出してくれ。

「だけど、モテたってことはさあ。その子と交際してたけど、君に対する別の求愛行動があったってこと？」

「求愛行動。……ああ告白のこと？　他にも二、三人からされたよ。手紙もらったり、静かな場所で好きですって言われたり。別に俺を求めて、高い場所で鳴いたりする子はいなかったけど」

とにかく、山野が想像しているような求愛行動は、ヒトの社会ではありえないのだ、ということをあらかじめ釘を刺してしまった。

「へーえ。じゃあ一時期はハーレムみたいな感じだったんだあ」

「えっ」

「だって、いっぱい求められたんでしょう?」

ハーレム。つまりその時の俺が、オスとしてボスで、多くのメスを従えてた、という意味だろうか。あのなあ、高校の頃の話だぞ? 教室の中の出来事だぞ。河南省《かなんしょう》の山の話じゃないんだぞ。

「山野。俺の相手は一人だ。そのシンクロ部の子だけ。たった一人。他は断った。付き合っている人がいるって言って」

「勿体《もったい》無いなあ。せっかく運動して体鍛えたのに」

「だからそれは女の子にキャーキャー言われたかっただけだって」

「ああ、求愛行動ね」

「違うよ。それは俺のチームを応援してただけ。でさ、ゴール決めると点が入るだろ？　一点入ると勝ちに繋がるだろ？　だから歓声が上がったの」

俺は何故か興奮していた。どうしてこんな当たり前のことを説明しなければならないのだろう。

「ふーん。そういうものなんだ」

と山野は初めて聞いたかのように言う。何故だ。同じ人間だよな。違いすぎる。

そして俺は山野がどうしてモテないのか理解し始めていた。つまり、こいつは人間離れしているのだ。ヒト離れ。霊長類離れ。普通のヒトのメスがこんな男とまともに付き合っていられるわけがない。俺は今、ヒトとして、非常に心細い気分で一杯だ。当たり前のことを知りたがる山野。ヒトとしての根源的な問いを投げかける山野。まさに霊長類存続の危機！

「だって山野、ちょっと考えてみればわかることじゃないか。そもそもお前は、ちょっとでですら考えたことがないのかもしれないけど。だから今、頭を使ってみろ。スポーツができるオスがいい種を持ってるとは限らないじゃないか。そんなこと見ただけじゃどんなに本能的に生きてるメスだって、判断できないよ」

「確かに。それは見ただけじゃわからないよな」

「だろ？」

「種じゃない。きっと匂いだ」

じっと俺を見つめる山野。

「匂いに誘われて、君がそういう時期であることに気づいたんだ」

思わず俺は山野に体を嗅《か》がれる危機を覚えて、身を離した。

「山野、匂いって……」

「例えばジャコウ……」

ジャコウ。

ジャコウ……ジカ？

「だって君が匂ってたら、きっと相手だって気づく。君が相手を探している時期だってことに。確かに一見しただけでは何も判断できないよね。嗅覚を刺激されて寄ってきたんだ。その時期の君がさぞ魅惑的に感じられたんだろうね」

魅惑的。そんな言葉、女にすら言われたことがない。しかしなんだろう。この馬鹿にされたような感じ。俺はジャコウジカだったことは一度もない。あれはモテ期であって、繁殖期ではない。

だいたいジャコウって何だよ。その匂いがそんなに魅惑的なのか？　知らなかったぞ。少なくとも、大学生男子が身に纏《まと》う香りじゃないよな？

「山野。俺だって当時はまあまあのオスだったんだよ」

「わかってるよ。だから君に人気が集中したんだ」

「いや、わかってない。お前はぜーんぜんわかってない！　俺は、サッカー少年だったんだ。いわゆるスポーツマンタイプってやつだ。実に爽《さわ》やかだった。好青年でもあった。むらむらして匂ってたなんてことは、断じてありえない！」

「どうしてそんなにむきになってるの？」

「だってお前が……俺のこと誤解しているみたいだから」

俺は思わずぷいっと山野から目を逸《そ》らした。

「わかってねえよ。どうせ俺のこと、発情してる嫌らしいオスとしか思ってないだろ」

「でもみんな、君のそういう野蛮《やばん》な部分に欲情したのかもしれないじゃないか」

俺は黙り込む。何だこのもぞもぞとした気分は。そしてそんな俺たちのやり取りの一部始終をずっと傍観《ぼうかん》する一匹のアルパカ。

俺と山野の出会いは、大学一年生の春、サークル活動を通じてだった。他校の女子大生と合同の、夏はテニス、冬はスキーという、いかにも不純な動機の集団だ。つまり、誰もテニスにも、スキーにも関心などなく、ただ仲間を求めてつるんでいたのだ。

山野は新入生歓迎コンパで、山岳部がなかったのでこのサークルに参加した、と自己紹介した。だけど、テニスは高原でするものだし、スキーをするということは雪山に登るということなので、期待で胸がいっぱいです、と。

そんな動機でこのサークルに入部する者は一人もいないので、皆、少し拍子抜けしたような表情をしたが、部員は山野だけではない。突飛《とっぴ》な自己紹介をする一人の部員の個性など埋没《まいぼつ》するだけだ。一瞬の違和感など忘れ去り、友達作りに励んだ。

そもそも、この山野の発言自体、なかったことになってしまったのだろう。山野の人格は、その整ったフェイスからしか構築されず、この浮世離れした自己紹介から、再構築されることはなかった。俺は差し替えられた山野の自己紹介を想像してみたりした。

「ここに来れば、沢山の仲間と知り合える、と思って入りました（ガールフレンドも含めて）」

と、女が差し替えたとか、

「このサークルに入って、諸先輩方から大学生とは何か、縦社会とは何か、ということを学び、吸収したいと思います（なぜなら俺はハンサムが取り得の世間知らずで、先輩たちの方が男前に決まってますから）」

などと男は差し替えたのだろうか、と考えた。

しかし俺ははっきりと覚えている。山野が、誰かに会うためにこのサークルへ入部したのではなく、山でテニスとスキーができると本気で信じている、とわかる自己紹介をしたことを。

俺が入部した動機も他の連中と大差なく、関係作りというヤツだったので、山野のことは単なる変人にしか見えなかった。

しかしただつるむという行為をしているだけなのに、やがて俺は疲れてきた。四六時中メールでやり取りしている連中なのに、夕方になると集まり、飲み明かす。一体これを心から楽しんでいる人間はいるのか。

「ねえ、最近なんか楽しいことあった？」

深夜二時の安居酒屋。氷が溶けまくってほとんど水のようになっているレモンサワーを舐《な》めながら、一応、楽しいことがあったか思い出そうとして首をひねる。しかし、結局皆いつも首を横に振る。

やがて誰かが言う。

「あ、ヤスダとタケルが付き合ってるらしいよ」

「あれ、それ違うよ。ヤスイとタケダが付き合ってるんだよ」

一つのサークル内で、近親相姦《きんしんそうかん》のように付き合ったり別れたりする人間模様。もうどうでもいいや。

「あれ、ヤスダとヤスイとタケルとタケダって三角関係じゃなかったっけ？

いや、四角関係？」

スワッピングでも乱交パーティーでも勝手にやってくれ。

「ニュースといえば、留学生のエリックが英検一級に合格したらしいよ」

「そりゃ受かるだろ、外国人なんだから」

「でもエリックってフランス人だよ？　だから英語しゃべれなかったんだって。つまり、私たちと同じぐらい猛勉強して、やっと合格したらしいよ」

そうなんだー。エリックさん、おめでとう。でもそれ誰？　友達でもライバルでも何でもないから関心ないやー。

毎日、こんな不毛な会話をしているうちに、頭がぼんやりしてくる。そして俺は、唐揚げが特に旨いと感じなくなった瞬間、やばいと思った。俺の味覚が退化している？　虚《むな》しい。俺は生きているのだろうか？

そんなことを考えて、気づくともう午前三時だった。

「みんな、お疲れ様」

登山を終えた山野がリュックサックを背負って現れた。俺たちよりずっと疲れているはずではないのか？

こんな夜中に山へ行ったのか、と問われて、「試験明けだったから、気晴しに日の出を見ようと思って」と答える。「試験勉強でだいぶ消耗《しょうもう》したから、太陽のエネルギーが欲しかったんだ」と。

皆、唖然《あぜん》として黙り込む。まるで徹夜続きの肉体に追い討ちをかけるような行為だ。

「ずっと山で一人でいたから、ちょっと誰かとしゃべりたくなってさ。どんな話してたの」

静かになった。話題？　思い出せない。すごくどうでもいい話だよ、多分。無味乾燥な、きっと味のなくなったガムをいつまでも嚙むようなことをずっとしてたんだ。おかげで唐揚げの味もわからなくなっていたところだよ。

その瞬間、俺は考え込んだ。これが俺の日々の営みなのか。この連中が俺の仲間、俺の共同体なのか。なんという薄い繋がりなんだ。

山野。お前一体、日の出とどういう関係なんだ。睡眠不足で、心拍数上がりまくりなのにわざわざ会いに行くって、どれだけ執着してるんだ。まさに命懸け。なんという壮大な愛の営みなんだ。

それから、俺はサークル連中との付き合いを断つことにした。誰かと繋がっていなければならない、という強迫観念のようなものから突然、解放されたのだ。山野が何を説いたというわけではない、しかし山野の態度は俺を導いた。サークルという接点を失ってしまった俺たちだけど、構内で出会えば話をする。山野は不思議と俺を退屈させない。阿呆だし、特に話題が豊富というわけでもない男だが、飽きるほど共に時間を過ごしていないからだろう。時々、互いの生活やそれぞれの友達の話をして、またしばらく会わなくなる。

それまで、俺は山野をヒトに進化していない別の動物のように見なしていた。環境に適応できない、社会に溶け込めない、いわゆる空気の読めないヤツ。だけど、それができていると思っていた俺は、山野と出会うまで、どうしてこんなにつまらなかったのだろう。

――俺たち人間という動物は、どのように充実した生を営むべきなのだろうか？

――人類が心から愛を育《はぐく》み、真の兄弟姉妹となるには、どのような対話が必要なのか？

そうだ。俺は山野と出会い、そのような問いに出会った。山野。存分にキョンちゃんと愛し合え。俺は二人が出会い、化学反応を起こす瞬間に立ち会いたい。生命体同士が惹《ひ》かれ合い、身も心も求め合う姿というものを再確認したい。雌雄《しゆう》の区別すらない、原始的な細胞が交わり、繁殖するように。

「山野よ」

俺は山野を強く抱きしめた。

「この合コン、必ず成功させよう。装いにも気を遣うんだ。お前はちょっと無《む》頓着《とんちゃく》すぎる。時期を考えるんだ。季節は夏。冬服みたいに無斑《むはん》……いや、無地はよくない。相手がどんな出で立ちでやってくるか、まだわからないけど。居酒屋の内装でも、前もって偵察しておくか？」

「内装？　そうか。向こうは保護色かもしれないからね」

山野のこの我が意を得た言葉を聞いた瞬間、俺たちは繋がっている、と思った。

一週間後、俺と山野は現場を訪れた。ロッジのような、木目の壁が印象的な居酒屋だった。北海道の郷土料理を出している酒場らしい。俺たちはルイベを注文して、十勝《とかち》ワインで乾杯した。

「登別《のぼりべつ》ってヌプルペッっていうんだあ」

山野に言われて、自分もアイヌ語が書き並べてある掛け軸をしばらく眺めた。味噌ラーメンの店などでよく見かけるアイヌ語の一覧表だ。たびたび遭遇する割には、一語も覚えていないことを再確認する。

この一週間前から、山野は山を登ってきたらしい。だいぶ日焼けしている。休暇を利用してテントに泊まったのだそうだ。

「テントで夕飯を食べて、暗くなってきたからさそり座でも見ようと思って外に出たら、出たんだよ」

「出たって幽霊か？」

「幽霊かもしれないけど、わからない。とにかく、鹿みたいな動物に話しかけられた」

しばらく俺は黙りこむ。こういう時、どのように返事をすべきなのか。それ、夢だろ？　だろうか。それとも、それ、嘘だろ？　だろうか。

「それ、神様だろ？」

「え？　あ、そうかあ。幽霊でもなければ、しゃべる鹿でもなく、そうか。神様だったのか」

あれ。また山野のペースだ。心にもないことを口にしてしまった。

「神様。なるほど、そうだね。鹿そっくりだったなあ。僕、神様って白髪《しらが》のお爺《じい》さんみたいのイメージしてたから、全然気づかなかったよ」

山野はなぜか慈《いつく》しむように、ワイングラスを撫でた。

「で、どんなこと話したんだ？」

「僕の近い将来について教えてくれた」

「神様といえば未来のお告げ。定番だな。それで、なんだって？　お前の将来はどうなるんだ？」

「一週間以内に運命の相手に出会うチャンスだって。ラッキーアイテムは日本地図。いっそのこと、ちょっと高価なものを購入しようと思ってるんだ」

まるで朝のニュース番組の、短い星占いのようだ。しかし山野は下を向いてくすくすと笑う。完全に浮かれている。

　こんなチャンス、もう二度とないよね、と定期預金通帳を眺める山野。定期預金を崩して日本地図を購入するつもりなのだろうか。山野が心配だ。それは新手の霊感商法ではないのか。最近の霊感商法は、鹿の着ぐるみで山頂まで行ってやるのだろうか。

「思い切って奮発しちゃった方が良いよね。どう思う？」

「山野、ちょっと冷静になれよ。いくらラッキーアイテムが地図だっていったって、地図が恋人しょってくるわけないじゃないか。因果関係がまったくないよ。きっとそのお告げは出鱈目《でたらめ》だ」

「そうかなあ。僕は根拠があると思ったんだけどなあ。だって、一週間以内にキョンちゃんとお見合いする可能性があるし、キョンちゃんが日本地理に興味があるかもしれないじゃないか」

「そんな確証のないお告げのために定期を解約するなんて、どう考えても馬鹿げてるよ。本当にお前のこと好きなら、地図なんてなくても関係ないだろ？」

　盲目的になっている山野に俺は苛立《いらだ》ちを覚えた。

「どうして僕が地図を買うのを邪魔するんだよ。君に迷惑かけてるわけじゃないのに」

「大体、地図を買ったほうがいいか相談してきたのはそっちじゃないか。結論が決まってるなら、相談しないでくれよ。一体、俺になんて言ってほしいんだ？」

君の、そういうなんでも理屈で割り切るようなところ、前から嫌だった、と山野は横を向く。

「俺だって、お前の話の脈絡のないところ、あまり好きじゃないよ。一緒にいて疲れる」

俺はワインをあおった。

「大体お前、今日会う約束してたのに、どうして遅刻してくるんだよ。ぎりぎりまで山へ行ってたってなんだよ。自分の都合で相手を振り回すのやめてくれよ」

「君だって僕と会ってる時、前の日遅くまで飲んでたからって、ほとんど口をきかない時があるじゃないか。本当に君のそういうところ、いつも勝手だなあって思ってる」

こうして俺たちは第三者が聞いて呆れるような喧嘩をした。

どうしていつも会ってくれないのか。そうかと思うと、突然会おうと連絡してきたりして、それならこっちだって準備があるんだから、前もって連絡してほしい。——準備とはなにか。そもそもあなたが無頓着だから準備というものがわからないのだ。食事をしていて、あなたのマナーが悪いから恥ずかしい時がある、箸の上げ下ろしも気に入らない、と思う時がある。——そういう相手の些細《ささい》なことが気に入らなくなったら、自分たちの関係はもうおしまいだ。出会ってもう長いし、お互いにうんざりしてきているのかもしれない。それなら絶交だ。

とうとう俺は怒りを爆発させて立ち上がった。

「終わりにしよう。よくわかったよ、どいつもこいつも、みんな一緒なんだ」

「え？」

山野はぽかんと口を開けている。

「どいつもこいつもって誰のこと？」

「あ……」

その瞬間、過去のそうそうたる理不尽な恋人たちが俺の脳裏をよぎっていた。

「僕、誰と一緒なの？」

「えーと……」

俺は混乱し、そして脱力したので、また座り込んだ。

「いや、山野、ごめん。ちょっと疲れてイライラしてた。今言ったことは忘れてくれ」

「誰にもそういう時はあるよ」

「うん。バイトが忙しくて。お前に当たって悪かった」

しばらくお互い沈黙して酒を飲んでいると、時間がかかるからと、早々に注文しておいた石狩鍋《いしかりなべ》が登場した。山野が取り分けてくれる。ありがとう、と言ったがなぜか気まずい。結構、気遣いのある男なのに、さっきは興奮してまるで、いい加減なヤツであるかのような言い方をして、悪かったと思う。

「僕が山で出会った鹿の神様についてなんだけど」

「うん」

「キョンちゃんのこと知ってるみたいなんだ。胡散臭《うさん》い手品の類《たぐい》で、そういうことを見抜ける人はいるのかもしれないけど、それでこっちはすっかり信じちゃって」

「言い当てたってことか？」

「うん。もうすぐそのキョンちゃんとやらに会えるって。今まで僕は、登山から色々なことを学んできたけど、これからはその人との関係を作ることで成長するんだって聞いた」

俺は首を傾《かし》げた。読心術ということだろうか。確かに手品師で、相手の引いた一枚のトランプと自分のものとを一致させる人がいる。テレビであれを読心術であると豪語しているので、いつも大袈裟《おおげさ》だと思う。それから誰にでも思い当たりそうなことを言って、心を読んだことになるケース。あなた今、悩みをもっていますね、と話しかける占い師のような場合だ。悩みは誰にでもあるので、これも胡散臭い。

しかし「キョンちゃん」に会える、と断言するという芸当は聞いたことがない。やはりその鹿は特別な能力の持ち主なのだろうか。

そんなことを考えながら、俺は用を足しにいった。鹿の剝製《はくせい》がある。こういう感じの生物が山野に話しかけたということだろうか。そんなことを考えながら、剝製を見上げた。

「その通りだ」

突然、剝製がしゃべり出した。

「お前の想像通り、こういう感じの生物が山に現れて、あの山野という男に話しかけたのだ」

わ、鹿の剝製がしゃべってる。俺は慌ててズボンのファスナーを上げた。俺が今まで考えていることがわかっているらしい。やべえ。これ絶対、神様だ。さっき山野のこと馬鹿にしてたけど。神様、ごめんなさい。

「詫《わ》びるのなら、あの、山野という男にも詫びるべきだ」

あ、また俺の心の中読んでる。すげえ。

「わかりました。山野にも謝ります」

「これから、あの山野という男の言うことを信じるか」

「はい。信じます。山野のラッキーアイテムは日本地図だってことも」

やっぱり神様っているんだあ。でも、どうして俺の前にも現れたんだろう。山野がこういう不思議な現象に遭遇するのはなんとなくわかる。一人で山に登っていたりして、いかにも自分の心を見つめる機会に恵まれていそうだ。しかし神様はどうして俺の前にまで現れたのだろう。

「お前はまだわかっていないのか」

「なにをでしょうか？」

「自分がなにものであるのか、そして、自分がなにをすべきなのか」

最後に神様は、もう時間がない、と呟いて、口を閉じた。剝製に戻ったのだ、とわかった。

結局、山野は日本地図の豪華本を購入した。学校の授業でしか使わないようなその大きな地図をアパートの自室に広げて、山野は感動していた。

「やっぱり買って良かったよ」

山野は呟いた。

「この地図がきっと、キョンちゃんを連れてくる」

奇妙なことに山野は、地図を手に入れると、人格が変わったようになってしまった。

「僕はキョンちゃんに出会ったようなものだ。今まで僕には見えていなかったものが、今でははっきりとよく見える」

とか言い始めて、地図に向かって、キョンちゃん、と本人に語りかけるかのようだ。

「とにかく、お前が満足ならそれでいいや」

と言うと、

「ああ、今キョンちゃんが答えてくれた」

とうわ言のようなことを呟く。キョンちゃんと山野はテレパシーのようなもので繋がっているのだろうか。

そして、その日を境に山野は登山をしなくなった。

「僕が山頂にあると思って求めていたものは、今、ここにある」

のだそうだ。

山野が登山をしなくなったので、俺たちは頻繁《ひんぱん》に会うようになった。お互いの話をする機会も増えた。

山野の実家は小さな洋食屋だったのだそうだ。父親が料理長で、母親がそれを手伝っていた。子供の頃は息子の山野と彼の妹もよく駆り出されたという。

しかし山野が高校生になった時、両親は離婚したのだそうだ。

「きっと四六時中、一緒にいたから、嫌になっちゃったんだと思うんだ。それで僕も自分なりに考えて山岳部に入部したんだよ」

「要するに自分の世界が欲しかったってことか。でもよくグレなかったな」

山野から不良を連想するのは難しいが。

「買春と麻薬のために、不良の先輩とサイパンへ行く約束をしていたんだけど、パスポートを忘れて行きそびれちゃって。それ以降、お声がかからなかったんだ」

「ドジすぎて不良になれなかったってことか」

「今のことを考えてみると、それでよかったんだ。大学にも受かったし」

「確かに今を思えばな」

そんなドジな山野の未来が心配だが。

しかし、俺は山野に共感するところは大きかった。俺は四人兄弟で、一人の弟と二人の妹がいる。弟妹たちは極度の寂しがり屋で、俺はうんざりしていた。

弟は短気な性格の癖に、ネット上で誰かと繋がっていないと落ち着きがなく、友達（ネット上の）と喧嘩しては、心療内科の薬を飲んで疲れきっていた。

上の妹は恋人ができると必ず同棲《どうせい》して、ついには妊娠《にんしん》して学生結婚したのだが、夫が大学を卒業したら、就職して家を空けるというのが、悩みだ（当然のことなのだが）。

下の妹は寂しがり屋が行き過ぎて、自分の世界に閉じこもり、趣味の編み物でニットのぬいぐるみを作って、部屋で眺める毎日らしい。

まさにうちの家族は、ガラスの動物園ならぬ、毛糸の動物園状態だ。

山野と話していて切実に感じる。ただ連絡をだらだらと取り合うだけの薄い人間関係にはうんざりだ。その考えを共有できる人間と繋がっていたい。

やがて、山野から突然、連絡が来なくなった。しばらく俺は山野と一緒に行った子供動物園を一人で訪れて、山野や自分自身のことについて考えたりした。

ヒトはみんな寂しがり屋だ。そのことについて考えたくないので、誰かと会ったり、通信したりする。だけど、それは本来、悪循環なんだ。ヒトに囲まれていても、かえって関係は薄まり、余計に寂しくなることがある。俺や山野は、いつも家族に囲まれて育っていて、そのことを無意識にわかっていたのかもしれない。だから俺は、誰かと一緒にいても、いつも虚しかったし、山野はヒトを避けて、山へ行った。

俺は世界で誰か一人、一緒に生きていかなければならないとしたら、そのことを知っている人がいい。寂しいことが怖いからって、身を寄せ合っていたって意味がないということを。そればかりは、自分だけで、たった一人でよく考えて向き合わなければいけない、ということを知っている人がいい。

もしかして、そのことを知っている人と関係を持ったら、その瞬間から、寂しさだってなくなるかもしれないじゃないか。

俺は立ち飲み屋で、携帯電話の着信履歴を見た。山野以外の友人の名前でいっぱいだ。山野とは一応、連絡先を交換したが、かかってきた例《ためし》がない。それでいいや。一ヶ月、半年、一年に一回会っても意気投合できる。山野は俺の大切な存在だ。

しかし一ヶ月後、珍しく山野から電話がかかってきた。今日、キョンちゃんが僕の前に現れる、と。わかった、と俺は答えた。

その日、俺は登山をした。夜になり、ロッジを見つけたので、一泊しようと思って訪れた。そこには、山野がいた。

「やっぱり僕の前に現れてくれたね」

「ああ」

と俺が答える。

「いつから、キョンちゃんの正体が自分だって気づいていたんだい」

「お前の地図を見ていたら、気づいたんだ。鹿がつく地名は、男鹿《おが》半島と牡鹿《おしか》半島。両方オスがつく。それで、キョンちゃんというのは、メスとは限らないって」

「あの鹿の格好をした神様は、本当に密な繋がりを求めている人を結びつけるキューピッドなんだね。地図を眺めながら、僕もキョンちゃんの正体に薄々感づいてはいたけど、ここ最近、君について考えたりして、確信するようになった」

「君っていう言い方、もうやめてくれないかい？」

するとと山野は、キョウスケくん、と僕に抱きついてきた。ジャコウの匂いがする、と。

蹴る鶏の夏休み

似鳥鶏

俺たちは当事者のはずなのに、なんだか他人事《ひと》のようだな、と思った。駐車場の乾いた土を巻き上げながら刑事たちが歩き回っている。スーツの方がいわゆる刑事で、制服の方は鑑識とか現場保全とか、そういった役割の警察官だろう。「鑑識」と書かれた腕章をつけている人もさっき見た。ドラマと同じだ。緊張した顔でてきぱきと歩き回る警察官の数は二十人を超えている。そういえばさっきより数が増えたな、と思って振り返ると、前を通る県道の路肩に新たなパトカーが止まり、赤い回転灯を光らせていた。

隣に立っている日吉《ひよし》さんが俺の腕をつついた。見ると、彼女は空を指さしている。

夏の日差しに目を細めながら上を見る。水色の空、そのかなり近い位置に、ホバリングするヘリコプターのシルエットがある。通り過ぎただけかと思っていたが、それにしてはさっきから随分と爆音がうるさかった。日吉さんに頷《うなず》きかける。あのヘリはマスコミのものだろう。ここが撮影されている。テレビで生放送でもされているのだろうか。

視線を前に戻して溜め息をつく。おかしい。どうして俺たちは今、こんなことになっているのだ。

最初は「白いカラス」に過ぎなかったはずなのだ。このあたりで白いカラスを見た、という話を聞き、九月号のネタに困っていた新聞部員に引っぱってこられた。白いカラスの正体が何であれ、あるいは正体不明のまま終わったとしても、地元の高校の新聞部がネタにする程度のささやかな事件だったはずなのだ。

それが何だ、これは。

※

以前クラスの女子三人にいきなり囲まれ、「白赤緑紫でそれぞれイメージする女子を言え」と要求されたことがある。この三人は俺以外にもクラスの男子を捕まえては同様の質問をしており、返答を間違えた男子が捕縛《ほばく》されたり射殺されたりする様子もなかったので、俺は思いついた順に、まず白はクラス委員の関川《せきかわ》さんだと答えた。それを聞いた女子がなぜか目を輝かせて歓声をあげたので、とりあえずおおむね妥当な回答であったらしいと判断した俺は安心して緑が日吉さんで紫が筑紫《ちくし》さんで赤が松村さんだ、と言い、囲んできた三人のうち右側にいる松村さんの赤いバッグを指さした。するとそれまで興味津々という目をしていた女子三人の動きが急に止まり、まん中の女子が「ちょっと待って。日吉さんが緑なのはなんで？」と訊《き》いてきた。俺は正直に、彼女の家が農家だったと記憶している旨《むね》を答えた。

女子三人は急に剣呑《けんのん》な表情になった。「『筑紫』さんだから紫？」と訊かれたのでそうだと答えたら、なぜか彼女らは顔を見合わせ、がっかりしたような様子を見せた。「『白』は関川さんが色白だから？」と訊かれたので頷いたら、あとかううとか言われ、なぜかひどいとか最悪だとか言われた。正直に答えたと自覚しているし、それほど主観の入る余地のない標準的な解答だと思うのだが、それがいけなかったということらしい。まん中の女子には「加古川《かこがわ》君はまず人間らしい感情を得るところからだね」とまで言われた。感情はある。好き嫌いもあれば怖いものもある。友人もいる。よく意味が分からなかったので前出の質問はそういうテストだったのかと訊くと、被質問者がそれぞれの色で挙げた女性をどう思っているか、を訊き出すためのテストだという。赤で挙げた女性のことを好きだと思っている。緑は友人になりたいと思っている。紫はセックスフレンドにしたいと思っている。白には「憧《あこが》れの人」の名前が挙がるべきで、物理的に白い人を挙げてはいけないのだそうだ。

それを聞いて俺は大いに納得した。色彩心理学の話だったのだ。確かに緑色は「安心」「穏やかさ」と結びつくから、「友人」＝「安心」と考えれば腑《ふ》に落ちる。赤は交感神経を活発にさせ攻撃性や情動と結びついた色であり、これは脳内で性欲と攻撃性を司る部分が隣りあっており、これらがしばしば無意識に混同されサディズムやカニバリズムを生むということを考慮すれば宜《むべ》なるかなというところである。紫とセックスフレンドの結びつきは少々分からないが、紫は「抑圧」「葛藤《かっとう》」というイメージと結びついている色であり、世間的には大っぴらにできない欲求と結びつけるのは的外れではない。紫が高貴な色だというのは、単に紫の染料が貴重だったため皇帝など位の高い者の冠《かんむり》等に使われた、という歴史的経緯があるに過ぎないのだ。しかし周囲の女子に対し「この人は好き」「この人は友人になりたい」「憧れている」「セックスフレンドにしたい」と四つも分類しつつ認識している高校生男子というのは普通なのだろうか。

隣を歩く飛田《とびた》にそれを訊いたら、普通じゃないだろ、と首を振った。

「ということは、やはり俺は普通で、正確に答えられる人間の方がむしろ異常なんだな」

「異常とまでは。あとお前、今自分のこと普通って言った？」

「違うのか」

「いや、自分でそう思うのは勝手だから」飛田は肩をすくめた。「……で？なんでその話になったんだ」

「順番的に最後になったが、『白』＝『憧れ』というのも妥当なんだ。白という色は昔から神秘性と結びついてきた。だから白化個体《アルビノ》の家畜なんかは神聖なものとしてあがめられる。一方で、タンザニアやブルンジなんかでは、アルビノの人間は『狩り』の対象になってしまう。アルビノの人間の体の一部は呪術用に高く売れるんだ。だから政府が『アルビノハンター』の対策に乗り出してもいる」

「ひでえ。初めて聞いた。……のはいいんだけど」飛田はポケットから腕時計を出して時刻を確かめた。暑いので外していたらしい。「それが今回の取材と何の関係があるんだ?」

「『白いカラス』が本当にいたら大きなニュースになる、という話のつもりだった。なぜか話がそれた」

「それすぎだろ。……まあ、校内新聞のネタとしては大きいよな。全国ニュースクラスだ」スクープをものにする自分を想像しているらしく、飛田はデジカメをいじりながら中空《ちゅうくう》を見てにやにやしている。「クラスの奴からの情報提供っていうのは、校内新聞ならではだ。全国紙じゃできない芸当だろう。ふふふ。奴らの悔しそうな顔が目に浮かぶ」

朝日だの毎日だのの記者が我が校の校内新聞に目を通す確率は極めてゼロに近いと思ったのだが、特に議論したいテーマではなかったので放っておいた。

「まあ、それが無理でも、出歩いてるだけで何かにぶつかるかもしれないしな」飛田はバッグからカメラを出し、周囲を見回した。「殺人犯で逃亡中の奴とかニュースでいただろ。案外このへんにいるかもしれないし、強盗の現場に出くわすとか、それが無理なら交通事故に出くわす可能性だって、低いけどゼロじゃないし」

「それは家で寝てたらトラックが突っ込んでくる、という可能性と同程度じゃないのか」

俺は眼鏡を外して目元を拭《ぬぐ》い、かけ直した。シャツが背中に貼りついて不快だ。やはり冷房のきいた家で大人しくしていればよかったかと、少し後悔している。「それに交通事故には関わりたくない。証言だの何だの、無償労働が多い」

日差しが強い。暑さのピークは越えたという話だったが、真上からの直射光とアスファルトの照り返しで周囲が白濁《はくだく》している。四方で鳴き声を競うアブラゼミがうるさい。羽化したセミの寿命が短いのは、あれでエネルギーを消耗《しょうもう》するからではないのか。

飛田のいる新聞部は毎月、愛読者のそれほど多くない校内新聞を発行している。八月は夏休みなので休刊だが、その分、九月号のページ数が増えるそうで、普段よりネタがたくさん必要になるらしい。使えるネタはくだらなかろうが望み薄だろうが何でも集める方針らしく、「B組の日吉さんの家に白いカラスが出たらしい」という目撃情報を得た飛田は、大喜びで電車とバスを乗り継いでここまで来た。俺は部員ではないのだが、なぜか朝に呼び出された。

携帯の画面で地図を確認し、もうすぐのはずだから、と言いながら、飛田はさかんにシャツの袖で汗を拭う。汗はそのままにしておいた方が体が冷却されるはずだが、飛田もそれは承知の上で、むしろ「汗を拭う」という行為を愛好しているとか、汗を拭うことで性的快感を覚えるとかいった理由であえてやっている可能性もある。放っておくことにした。

「あれだ」

前方に立派な生垣を見つけ、飛田が駆け出す。体温が上がるので俺は歩いて続いた。数代前からの農家であるという日吉さんの家はどこからどこまで所有権が及んでいるのか不明なほど広かったが、家屋自体は把握できる大きさの平屋である。ほとんどは農地や牧舎なのだろう。

「うわ、本当に来た」

学校の体操服を着ている日吉さんは、玄関から顔を覗《のぞ》かせるとなぜか驚いた様子だった。ネタを提供することは承諾したものの、飛田が本当に取材に来るとは思っていなかったらしい。

「いや、本当に『白いカラス』の写真でも撮れたら大ネタだろ」

「なんで加古川君もいるの？」

「暇だから」

「あとなんで飛田君制服なの？」

「仕事着」緩《ゆる》めればいいのに、飛田は制服のネクタイを締めたままである。

「服装一つで取材対象に与える印象がまるで違うからな。取材対象との信頼関係は何より大事だって、新人時代に先輩から叩き込まれた」

それは相手が初対面の場合に限定されるのではないかと思ったが黙っていた。飛田はカメラを見せた。「とりあえず一枚、撮っていいか？」

「えっ、ちょっ」日吉さんは自分の服装を見て首を振った。「やだ。家とかにして」

「じゃ、現場写真だな。案内してくれる？」

「いいけど」日吉さんはサンダルを履いて出てきてくれたが、出た途端に「あちっ」と言って玄関に引っ込み、麦わら帽子をかぶって再び出てきた。俺たちより合理的な服装だ。

サンダルをつっかけて歩く日吉さんに続く。

「……でも、いなくなってない？　もう」

そう言う日吉さんには俺が答えた。

「人里近くにいる種のカラスは行動範囲が狭い。ほとんど餌場《えさば》とねぐらの往復しかしない。現場が『白いカラス』のねぐらか餌場のどちらかになっていれば、ほぼ毎日通ってくる」俺は生垣の中を見る。農機具庫があり、そのむこうには電磁柵で囲まれた放牧場が見える。牛などの姿はなかった。「農家なら飼料がたくさんある。餌場にするカラスは多いと思う」

日吉さんがこちらを振り返る。隣の飛田が俺を指さした。「コメンテーターとして連れてきた」

現場は県道に面している駐車場である。駐車場と言ってもただ舗装されていない茶色い地面が砂埃《すなぼこり》を渦巻かせているだけの広大な空間で、隅に軽トラックとワゴン車が一台ずつ停まっている他は、柵に面した奥の隅に飲み物の自動販売機が置いてあるだけだった。入口の横には木でできた簡単な野菜の無人販売所があるが、何枚かの硬貨とビニール袋入りの人参が置かれているだけで、特に変わったところはない。

だが、県道の頭上を通る電線に、何羽かのハシボソガラスがとまっていた。

「いるな。全員黒いけど」飛田がそれを振り仰ぎ、逆光を気にして少し移動してから写真を撮った。

「白いって言っても頭の方だけで、尻尾《しっぽ》とかは普通に黒かったらしいよ。それに本当かどうか分からないよ？　一番下の弟が一回見たってだけだもん」

「弟っていくつ？」

「八つ。あれ九つ？　どっちか」

「うーむ……空振りの覚悟は要《い》るな」飛田は腕を組む。「ちなみに日吉さん、他に何かない？　これだけ広いんだから何かあるでしょ？　人型のダイコンとか」

「うちダイコン作ってないけど、ニンジンの規格外品見る？　千ケースくらい探せば一つくらいは変なのあるかもよ」

「いや遠慮する」

「いや、気になる」

俺が言うと、飛田と日吉さんは同時にこちらを見た。意外だったらしい。

「……そうか?」飛田が建物の方を振り返る。「やるのか。ニンジン千ケース」

「違う。カラスの方。……白黒なら、アルビノより別種の可能性が大きいだろう。だが日本国内に生息する鳥の中に『頭の方が白い白黒のカラス』は存在しない」いくつかの種を思い浮かべてみる。「最もありふれているのはカササギだろうが、あれは長い尾が目立つから、八歳または九歳児でも『カラス』とは言わない可能性が大きい。それに頭部は白だというなら、越冬のため日本に渡ってきたコクマルガラスが何らかの理由で帰らなかった、というわけでもない。ホシガラスやカケスの中には頭部が白いものもあるが、これはそもそも『カラス』に見えない」

「詳しいな。でも、だとすると……」

「そんな鳥は存在しない。だから、もし見つけたらアルビノよりはるかに大きなニュースになると思う」

「よし」飛田はネクタイを締め直した。暑くないのだろうか。「日吉さん、とりあえず張り込ませてもらっていいか？」

「いいけど、絶対見間違いだと思うよ？　ていうか張り込むの？　死ぬよ」

「交替でやる。加古川もいるし、加古川が死んだら『熱中症の恐怖』特集にする」

「九月号だろう。時季を逃していないか」シャツの襟元《えりもと》を扇《あお》いで空気を入れる。垂れる汗がくすぐったい。「あと、俺は熱中症のおそれが強くなった時点で帰るつもりだからたぶん死なないが、それでも特集が組めるのか」

「待った。バイト代は出すから」

飛田は奥の自動販売機に走っていく。自動販売機のジュースをバイト代にするつもりらしかったが、なぜか日吉さんが大声で止めた。「飛田君、そっち行くと危ない」

「なんで？」

振り返った飛田の背後に白い物体が見えた。激しい羽音がし、続いて飛田の、悲鳴と怒号が七対三程度で混ざりあった叫び声が聞こえた。

「うおっ、ちょっ、何これ？　いてててて」

見ての通り、オスのニワトリだった。飛田が自動販売機に近付いた途端、柵を飛び越えて襲いかかってきたのだ。柵の意味がない気がする。

「ごめんごめん。逃げて」日吉さんが飛田に駆け寄る。「こらピーちゃん！　やめなさい」

ニワトリの方は相当興奮しているらしく、すでに背を丸めて逃げている飛田を追い回しては飛び上がり、頭や背中に蹴りを入れている。体重は鳥相応でも、蹴爪《けづめ》で引っかくので相当痛いようだ。飛田はひいひい言っている。「ちょっ、うわっ、やめてやめて。加古川助けて」

俺は近付くと怪我をしそうなので助けないことに決めたが、日吉さんがピーちゃんに歩み寄り、かぶっている麦わら帽子をぶわりと振り回した。ピーちゃんは慌てて羽をばたつかせ、すてててて、と走って距離をとった。

「大丈夫？」

「いてえ。……何だよこのニワトリ」飛田は完全に戦意喪失した様子で尻餅《しりもち》をついている。ニワトリより弱いようだ。

「ごめん」日吉さんはピーちゃんを追い立て、柵のむこうに返した。「ピーちゃん、このあたりまで自分のナワバリのつもりらしくてさ、気が向くと襲ってくるの」

「そこに柵あるじゃん。出てくんなよ」飛田は柵のむこうでこちらを見ているピーちゃんに文句を言った。ニワトリなので日本語は分からないと思うのだが、気付いていないのだろうか。

それにしても、と思い、ピーちゃんを見る。「ピーちゃん、随分傷だらけだな」

ピーちゃんの体には頭といわず背中といわず、全身に点々と赤い傷ができていた。ほとんどの傷がまだ新しいらしく、羽が禿《は》げ、痛々しく肉が覗いている。

「んー、そうなんだよね。……飛田君大丈夫?」日吉さんが飛田を助け起こす。「ピーちゃん最近、急に傷だらけになったんだよね。どんどん傷が増えてるみたいで、そのうち死んじゃうんじゃないかって心配なんだけど」

「ピーちゃんって面《つら》かよ。ガッツじゃねえかよ」(1)飛田はうなじのあたりから血を出しつつピーちゃんを睨《にら》んでいる。「死んだら焼き鳥にしてやる。腿《もも》も胸も手羽も」

「雄鶏《おんどり》は肉にならないからねえ。せいぜい飼料」日吉さんは農家の目になってピーちゃんを見る。「でもこんなに手間のかかる飼料ってないよね。逆にそこんとこを付加価値にできればいいんだけど、小手先の宣伝文句つけるだけじゃ難しいかなあ」

「ピーちゃんの末路は今は関係ないと思うが」ピーちゃんを見ると、日吉さんの視線に不穏なものを感じたのか、尻を向けてぱたぱたと逃げていった。「しかし、ニワトリは麦わら帽子を振り回すと怖がるんだな。猛禽《もうきん》か何かと勘違いするのか」

「そっちの方が関係ないだろ」飛田は蹴られたうなじを押さえながら弱々しい声を出す。「二人ともそんなとこ感心してないで、ちょっとぐらいこっちの心配をしてくれよ」

「飛田、こっちの方が記事になるんじゃないのか。狂戦士《ベルセルク》ニワトリ」

(1) 漫画「ベルセルク」(三浦建太郎／白泉社)の主人公。傷だらけで凶暴。

「ならんことはないけど」驚くべきことに飛田はカメラを構えて柵から身を乗り出した。「じゃ、一応撮っておくか。オラもう一回襲ってこい」

途端にけけけ、と威嚇《いかく》音を出して駆け戻ってくるピーちゃんを、飛田はローアングルから狙い始めた。

「……変な奴だ」

「人のこと言えないと思うけど」日吉さんはなぜか俺を見て呆《あき》れている。

「それより、少しおかしい気がする」

「何が？」

「あのピーちゃん、最近怪我をするようになった、ってどういうことだ？」俺は柵の向こうを見る。雌鶏《めんどり》が何羽か群れているのは見えたが、皆遠巻きにするようにピーちゃんを見ているだけである。「ピーちゃんはそれなりの歳に見えるから、最近ナワバリを主張し始めたっていうことじゃないだろ？　群れの中に他のオスがいるなら喧嘩《けんか》もするけど、そんな飼い方はしないよな？　……じゃあ、ピーちゃんは何と戦ってあんなになってるんだ？」

日吉さんは黙って、飛田に襲いかかろうとジャンプしているピーちゃんを見たが、ただ首をかしげただけだった。「……分かんない。だから心配なんだけど」

俺は腕を組んだ。「もしかしたら、そっちを調べた方がニュースになるかもしれない」

アブラゼミのロングトーンがじいいいいと続いている。日差しが照りつける感覚と見事にシンクロしており、ずっと聞いているとアブラゼミの鳴き声が自分の肌の焼ける音のように思えてくる。身近なセミは鳴き声から「ニイニイゼミ」「ミンミンゼミ」「チッチゼミ」と名前がつけられる例が多いのにジイジイゼミではなく「油蟬《アブラゼミ》」なのは真夏にこの鳴き声だからであり、これが冬に活動していたら普通にジイジイゼミと呼ばれていたのではないかと想像する。もちろん検証の方法はない。そしてそれ以上に、今、アブラゼミはどうでもいい。

俺は体温上昇を抑えるためなるべく動かないようにしながら、さっき思いついた可能性を考えていた。そうしているだけで露出している首の後ろがじりじりと焼けてくる感触がある。本当はどこか日の当たらないところに行きたいのだが、周囲で建物というと野菜の無人販売所くらいしかなく、見知らぬ高校生があそこに座って無言で眉間に皺《しわ》を寄せ「烏」「鶏」と断片的にぶつぶつ呟《つぶや》いていたらおそらく集客効率が下がるので避けるべきだろう。しかし午後一時という時間帯では、この駐車場を囲む木もほぼ真下にしか日陰を作ってくれない。それにしても電線の上のカラスたちは真っ黒な羽を纏《まと》い、ずっとあんなところにいて暑くないのだろうか。汗もかけない彼らが、呼吸だけで一体どうやって体温調節をしているのかは勉強不足のため知らない。うなじの止血が済んだらしく、飛田はハンカチをポケットにしまって言った。

「……つまり、ここに最近『侵入者』があったってことか?」

「ピーちゃんに新たな『敵』ができた。そいつと戦って怪我をしているってことになる」

俺が言うと、日吉さんは不安になったのか、柵の中を振り返った。俺たちが自動販売機の前にいるのでピーちゃんはまだこちらを見張っているが、飼い主である日吉さんが一緒のせいか、襲ってくることはなかった。

「だとすると野菜泥棒か何かか」

飛田が言うと、日吉さんは動物が毛を逆立てるように反応した。「野菜泥棒？」

俺は首を振る。「違うと思う。野菜泥棒が人間でもそれ以外の野生動物でも、ピーちゃんが襲ってきたら怪我をさせるまで戦わずにすぐ逃げるだろう」

「確かになあ。……くそ、暑い」飛田はさっきもまた蹴られたためもうピーちゃんに関わりたくないらしく、柵の中を気にしながら自動販売機で何かを買った。「あれ？」

自動販売機の前にしゃがんだ飛田のところから、じゃらじゃらと音が聞こえる。おっ、とかいう声も聞こえてきた。「なんかお釣りがすげえあった」

飛田は自動販売機のお釣り取り出し口に残っていたらしき小銭をじゃらりと握った。取れば占有離脱物横領罪とかそういったものに該当する気がするが、気にしている様子はない。

「忘れ物か」現行犯だが逮捕した方がいいのだろうか。

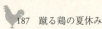

「なんか六十円もあった。あ、あと二十円でヤクルトなら買えるな」

飛田は自動販売機を物色して言う。日吉さんは「貧乏臭っ」と呟いた。

だが、俺はその金額が気になった。「六十円もそこに残ってたのか?」

「うん。珍しくねえ? 俺、自販機でお釣りとか見つけたの何年ぶりだろ」

葉書一枚買えない少額だが随分と嬉しいらしい。現行犯逮捕するかどうかは後回しにし、俺は自動販売機の商品を見た。百五十円のペットボトルと百三十円の缶飲料が大部分で、右上の隅には百五十円の栄養ドリンクと八十円のヤクルトがある。

「どうした? 六十円までなら出していいけど」

「贓物《ぞうぶつ》⑵だろう、それは」俺は自動販売機を指さした。「商品の価格がこれなのに、どうして『六十円』が取り出し口に残ってるんだ? おかしいと思うんだが」

「前の人が忘れてったんじゃないの?」日吉さんが言う。「ここの自販機、ほとんど売れないし。古くて電気代だけかかるから、もうすぐ新型に替えるくらいだし」

「いや、商品が百三十円か百五十円か八十円なんだ。普通に買ったら六十円のお釣りというのは、おかしくないか」

「……確かに、ちょっと変だけど」日吉さんは飛田と顔を見合わせて首をかしげる。「加古川君、細かいね」

俺は眼鏡を直し、自動販売機を見た。何の変哲もない、旧式のヤクルトの自動販売機だ。旧式だけあって排熱機能が弱っているのか、ぶいんぶいんと音をたて、触ってみると熱い。直射日光を遮《さえぎ》るものが何もないので物理的に当然の状態と言えなくもないのだが。

周囲の木立にとまったアブラゼミがじー……と鳴いている。その音に同期するように、俺の思考が自動販売機から、駐車場の敷地から離れていく。真夏の路上で冷たい滴《しずく》が一滴だけ落ちたように、小さく、しかしはっきりとした閃《ひらめ》きの感触があった。

白いカラスは気になる。ピーちゃんの怪我は、それより確実にネタになる気がする。だが、もしかしてこれは、さらに確実なネタの尻尾なのではないか。

(2) 盗品その他、犯罪行為によって不法に手に入れた財物。

「飛田、提案なんだが」

いきなり振り返ったせいか、飛田は驚いた顔で飲んでいた栄養ドリンクを取り落としそうになった。「タフマン」[3]とある。暑い時の水分補給になぜ茶でもミネラルウォーターでもなくそれなのか非常に気になったが、おそらく現在のテーマとは無関係なので後で質問することにし、続ける。「監視カメラを置けないか。ここに」

「カメラ」飛田は日吉さんを見る。

日吉さんは、いいけど、と頷いた。「それ、置いとくと何か映るの？」

「運が良ければ、風景以外のものも映る。ピーちゃんの怪我の原因と、もう少し面白いものと、もしかしたら『白いカラス』の正体も映るかもしれない」

というわけで、我々は一旦引き上げ、日吉さんの承諾のもと、飛田が所持していた小型カメラを駐車場に設置して待つことになった。撮影した画像のデータは俺と飛田の携帯で確認することができる。むろん、一日で狙ったものが撮れるというのは望み薄なことであり、数日間、バッテリーを交換しながら、さらにこの炎天下、だだっ広い駐車場に置いたままにされているカメラが直射日光でおかしくならないかを確認する、という作業が断続的に続いた。面倒ではあったが、しかし、あの暑さの中で張り込みなどするよりは余程ましだった。

そして数日後の朝。いつものように映像を確認していた俺は、予想通りのものがカメラに映っていることを発見し、飛田に電話した。夏休みの最終週であったが、一番肝心な画像は撮れた。記事は間に合うだろう。

ただ問題は、これがどの規模の記事になるか、ということだった。

アブラゼミの声が減った気がする。時間帯のせいなのか、以前より涼しくなったせいなのか、それともただ単に今鳴いている個体の数が少ないだけなのか。しかし日吉さん宅の玄関前には、茶色い羽をきちんと畳んで仰向けに死んでいる一匹がいた。夏は毎年、あっさりと去っていく。

(3) 株式会社ヤクルト本社の提供する、謎の味と謎のラベルが特徴的なロングセラーの栄養ドリンク。味の正体はおそらく一本当たり一〇〇mg入っている高麗人参であり、ラベルの図柄は「地球内部から湧き上がる水の強烈なエネルギーを視覚化したもの」である（ヤクルトの公式ページより）。

「ああ、映ったんだ。……で、何が映ってた？」

日吉さんは相変わらず体操服である。他の服を持っていない可能性があった。

「現場で説明した方がいいと思う。今日はそこまで暑くない」

やはりきっちりとネクタイを締めている飛田が俺を指さす。「こいつの言った通りだった。映像見てびっくりしたわ」

日吉さんは茶の湯を嗜《たしな》む火星人にでも出くわしたような顔で俺を見た。

三人で駐車場に行ってみると、小さな変化があった。隅に設置されていた自動販売機が別のものに変わっている。俺と飛田が近付くとピーちゃんが駆け寄ってきて、日吉さんに黙らされるまでずぼん、ずぼん、とジャンプを繰り返していたところは以前の通りだったが、自動販売機の方は、明らかに新型と分かるシースルータイプのものになっていた。商品ラインナップはほとんど変わらないようだが、喘《あえ》ぎ声のような駆動音もなく、触るとそれほど熱さも感じなかった。

「新しくなったのか」

「ああ、それ、ついさっき」日吉さんが県道の方を振り返ったのは、業者の出入りした方向を示しているらしい。

「……ピーちゃんの怪我、原因が分かったから、対策を教えとこうと思ったんだが」柵のむこうからまだこちらを睨んでいるピーちゃんを見る。首のところに新たな傷が増えていた。「その必要はなくなったかもしれない」

さすがにそれだけで事態を理解できるはずがなく、日吉さんは首をかしげた。だが俺の隣で飛田も頷いているのを見て、俺に訊いた。「……どういうこと？」

「たぶんもう大丈夫だ。ピーちゃんの新しい怪我は増えない」俺は後方にある野菜の無人販売所を指さした。「それに、あそこの代金回収率も上がると思う」

「……あれの？」

俺に代わって飛田が訊いた。

「日吉さん。あそこの野菜、売った数と置かれてる金が合ってなかったんじゃないか？　それも、かなり」

「うん。まあ、回収率五〇パーぐらいだったと思うけど……今の時代はそんなもんなんだろうねって、婆ちゃんが言ってた」

俺は訊いた。「それでも少し前は、もっと回収率が高かったと思う」

「なんで知ってんの？」

予想通りだった。飛田と頷きあう。

別に解答を先延ばしにするメリットはないので、俺は言った。

「あの無人販売所、代金が剝《む》き出しで置いてあるだろう。定期的に盗まれてたんだ。何割か。その犯人がカメラに映ってた」

日吉さんは予想したより驚かなかった。そういったことがあるだろうと、本人も予想していたらしい。「……どいつ？」

「『どいつ』なのかまでの特定はできなかった。皆、顔が似すぎてるから」

「……皆？」

俺は県道の上を走る電線を指さした。そこにはまだ二羽、カラスがとまっていた。

「あいつらなんだ。あいつらのうちの、何羽か」

俺の指さす先を振り返った日吉さんは最初、何を指しているのか分からない様子だった。だが俺の指が明らかに空を向いているのを見て、ようやく大きな声をあげた。

「……カラス！」

頷く。「ハシボソガラスだ」

携帯を出し、編集した映像を見せた。映像には確かに、販売所の中に入り、置かれている硬貨を嘴《くちばし》でくわえて飛び立つカラスが映っている。

日吉さんが俺の携帯を奪わんばかりに身を乗り出す。「……こいつら、何やってんの？」

俺は抵抗をやめて携帯を渡した。「カラスに限らず、鳥は基本的に光るものが好きで、集めたりする性質がある」

隣で自分の携帯を操作していた飛田が、別の映像を表示させて日吉さんに見せた。「これだ。特ダネだな」

映像に収められていたのは、くわえた硬貨を隅の自動販売機に差し込み、「飲み物を買う」カラスの姿だった。硬貨をくわえたまま羽をばたつかせて自動販売機にしがみつき、嘴で投入口に押し込む。それから光っているランプに体当たりをするようにして押す。なかなか成功しなかったが、他のカラスも加わり、ボタンに群がって蹴ったりつついたりしているうちに、ガタリと音がして商品が落ちた。カラスたちもそれを分かっているようで、今度は商品取り出し口に群がって次々に首を突っ込み、出てきた商品を嘴で外に落とした。たちまち周囲が黒い塊になり、落とされた二本のヤクルトはそれぞれつつかれて転がり、ついには一羽がくわえて飛び去った。つつかれる過程で口のビニールが破かれたらしく、ぽたぽたとこぼれた滴が地面に二つ三つ、黒いしみを残した。

「……す、すごくない？　これ。カラスがこんなことするの？」

「昔テレビで、賽銭《さいせん》を盗んで鳩の餌の自動販売機で買い物をするカラスの話が特集されたことがある。海外でも、コインを入れて餌を取るよう教育したカラスを使って町から小銭を集める、という実験をした人間がいる」

ハシボソガラスはカラスの中でもかなり賢く、クルミを道路に落として車に踏ませることで割ろうとしたり、滑り台で遊んだりする姿が撮影されている。瓶の中の餌に嘴が届かない時に、手に入れた針金を鉤《かぎ》型に曲げて道具にする、という行動も確認されている。ただ「道具」を使うだけでなく「加工」して作るほどの知能があるのだ。こうした行動をとる可能性は充分にあった。

「この間、お釣りの十円玉が六枚も残っていた理由がこれだと思う。カラスは『あそこの販売所に置いてある光る円盤を自動販売機に入れると美味《うま》い飲み物が出てくる』ことは理解できても、金額を理解して支払いをしているわけじゃない。野菜は一袋百円だから、販売所には百円玉が溜まる。それを一枚だけ入れると、唯一、八十円で買えるヤクルトのランプが点灯する。その一回ごとに、二十円のお釣りが取り出し口に残って溜まっていく」

出てくるのがコーヒーか何かだったら、カラスたちもここまで熱心に「買い物」をしようとはしなかっただろう。だがヤクルトならカラスの嘴でも開けられるし、ヤクルトのあの、独特に魅惑的な味は、カラスにとっても非常に美味なはずである。

「そうすると、『頭の方が白いカラス』も想像がつくんだ」俺は電線にとまって羽繕《はづくろ》いをしているカラスを見た。「カラスの嘴じゃそんなに器用にヤクルトを飲めないし、周囲には横取りしようと群がる仲間がいる。急いで飲もうとして、容器をくわえてラッパ飲みをしたら、顔が真っ白になるほどこぼすのは当然だと思う」

どのくらい真っ白になるのか飛田に実験してもらおうと思ったのだが、拒否された。

飛田は頷く。「そういうオチだったけど、特ダネは特ダネだ」

だが、重要なのはここからなのだ。俺は画面から顔を上げた日吉さんに言った。「それと日吉さん、もう少しそれを見ていてくれ。すぐに映るから」

日吉さんが再び見始めた画面には、真っ白なピーちゃんが登場していた。横からいきなり出てきて、カラスの群れに飛びかかる。ばさばさと羽ばたきながら蹴爪を振るうが、群れで気が大きくなっているのか、それとも所詮《しょせん》地上性のニワトリなど脅威《きょうい》に感じないのか、カラスたちは逃げるどころか、ピーちゃんを囲んで反撃を始めている。多勢に無勢である。

「ピーちゃん……」

ピーちゃんの「敵」は自動販売機で買い物をしに来るカラスたちだったのだ。なにしろ、自動販売機の周囲は彼のナワバリなのである。

「……そういうことか」日吉さんは画面から顔を上げ、電線の上のカラスを睨んだ。「あんにゃろ」

どちらかといえば喧嘩を吹っかけたのはピーちゃんの方なのだが、正当防衛とか喧嘩闘争状態の法理といったものは鳥類には適用できないので、俺は黙っていることにした。

「まあ、だからさ」飛田が、日吉さんをなだめるように言う。「この自販機、ちょっと改造すればもう大丈夫だと思う。カラスも買い物ができなくなれば集まらなくなるだろうし、ピーちゃんの怪我も減るし、あそこの金もなくならないし」

俺はそれに続けて言った。「いや、その必要ももうない」

そういえば、この点についてはまだ話していなかったのだ。日吉さんだけでなく飛田も、何事かという顔でこちらを見た。

俺は自販機を指さした。「自販機がこれになったから、もうカラスは買い物ができない」

飛田は首をかしげた。「なんでだ？　商品のラインナップはそのままだし、八十円のヤクルトもまだあるけど」

俺は硬貨投入口を指さした。「ここの形が変わった」

飛田がそこに顔を近付ける。「どう変わったって？」

「前のは横型だっただろう。今度は縦型になった」

自動販売機のコイン投入口には横型と縦型がある。これにはちゃんと理由がある。縦型は機械内部でコインが転がりながら落下するため落下速度が速く、連続で素早い購入が可能であるというメリットがある反面、どうしても識別機部分が大型になってしまい、自販機そのものが分厚くなってしまうのである。したがって駅の券売機などのように、スピーディーな買い物が要求され、しかもある程度の設置スペースをとれる場合は縦型になる。一方、設置スペースに余裕がないことが多い飲料の自販機などは横型になる。飲料で縦型のこの自販機は珍しい方だが、ここに新しく置かれるものがこのタイプになったことは、ある意味幸運と言えた。

日吉さんがこちらを見たので、俺は頷く。「これだと首関節の構造上、おそらくカラスはうまく硬貨を入れられない」

鳥が嘴で硬貨をくわえる場合、当然、硬貨は横向きになる。硬貨を縦向きにして投入しなければならないとなると、首を九十度倒したまま前後させなければならない。おそらく鳥の体の構造上、そういう動作は困難だ。

日吉さんは新しい自動販売機と電線の上のカラスを見比べ、肩を落とした。

「……じゃ、解決ってわけか」

「いや、実はまだ残ってる。肝心なところが」

俺は言った。「白いカラス」の謎。ピーちゃんの怪我。この件はそれだけではないのだ。記事のネタとしては、さらにもう一段階、膨《ふく》らむ。

俺は日吉さんの持っている携帯を指さした。「その映像に映ってるんだ。真犯人、というより、この事態のそもそもの元凶が。そっちの方がよほど厄介《やっかい》だ」

日吉さんが見ている映像がどこまで進んだかは見えないが、特に待つ必要もない。俺は結論を言った。「野菜販売所の小銭を盗んでいるのはカラスだけじゃない。人間の泥棒がいる」

日吉さんは顔を上げたが、すぐに「そうか」と呟いて頷いた。

そうなのだ。野生のハシボソガラスが、自動販売機で買い物をするなどという動作をそう簡単に学習できるはずがない。彼ら鳥類の「学習」は原則的に他者の行為の模倣《もほう》の範囲にとどまるからだ。つまり、カラスが無人販売所から硬貨を盗んで買い物をしているということは、同様にあの無人販売所から硬貨を盗んで自動販売機に「入れて見せた」人間がいるのだ。カラスはそれを見て真似をした。

監視カメラを設置して狙った本命はそちらだった。つまり、この件は「ニワトリの怪我」や「カラスの珍行動」で済むものではなく、実は窃盗事件なのである。

「それ、犯人の顔もばっちり映ってるんだ。これも特ダネだな」

飛田はそう言ったが、いきなり俺と日吉さんを引っぱった。

「おい」

「隠れろ。自販機の後ろ」

飛田に引っぱられるまま、日吉さんと三人で自動販売機の後ろに隠れる。隠れるということは、駐車場に何か来たのだ。俺はそっと顔を出し、入口の方を窺《うかが》った。

初老の男が手ぶらで歩いていた。一直線に無人販売所に向かっている。

日吉さんは画面と男を見比べた。「……あいつ？」

飛田が頷く。「そのうちまた来るだろうと思ったら、もう来やがった」

予想通り常習犯だったのだ。ぼさぼさの頭で無精髭《ぶしょうひげ》を伸ばし、だらりと裾の伸びたTシャツという無職然としたこの男は、おそらく日吉家の無人販売所を見つけ、ちょうどいい小銭稼ぎのつもりで通っている。

「……あっ、盗《と》った！」隣で日吉さんが身じろぎする。「殺《や》る？　ねえ殺らない？」

「過剰防衛だと思う」恐ろしい同級生だ。

男は当然のように無人販売所の小銭を数枚取るとポケットに入れ、ぶらぶらとこちらに歩いてきた。盗ったついでに何か買うつもりらしい。その気軽さと、犯行がばれにくいようあえて全額を取っていかない狡猾《こうかつ》さが実に醜《みにく》かった。

いきなり飛田が飛び出した。「コラ、てめえ窃盗だぞ！」

予期していなかった俺と日吉さんも慌てて後に続く。男はいきなり自動販売機の陰から飛び出してきた高校生三人に目を丸くしていた。「……なんだ、てめえら」

「窃盗の現行犯だ。今、盗るとこ撮影したからな」飛田は出していたカメラを示すと、男に歩み寄ってがっしりと腕を掴んだ。「警察行ってもらうぞ。証拠はここに揃ってるんだからな」

男はぎくりとし、一瞬、飛田の持っているカメラを見た。

それから突然動いて飛田の腕を振り払い、こちらに来た。カメラも持っていない俺に何の用なのだろうと疑問に思ったが、男は俺の後ろに回ると腕で首を絞め、喉元にカッターナイフを当てた。

「加古川」

「加古川君」

飛田と日吉さんが同時に俺の名前を呼ぶ。

俺は焦《あせ》った。目の前にカッターナイフの刃がある。危ないので振り払おうとしたが、男は首に巻いた腕で絞めつけ、低い声で言った。「動くな。殺すぞ」

カッターナイフで人間を殺すのは難しいのではないかと思ったが、それを指摘すると危険な気がするので、俺は黙った。首を絞められて苦しい。どうやら人質にされてしまったらしかった。

「加古川」飛田が、初めて見るような焦った顔をしている。

「おいガキ。カメラよこせ」男が飛田に怒鳴《どな》った。「早くよこせ。でねえとこいつ殺すぞ」

殺すのは難しいので、つまり刺すか切るということだろう。重傷を負ってしまう。俺は逃げようとしたが、腕で首を絞められた上、喉元に刃を押しつけられて動けなくなった。これは本当に刺されそうだ。

が、背後からばさばさと羽音が聞こえた。

続いて男の悲鳴が聞こえ、首を絞めている腕が外れた。俺は二、三歩逃げて振り返ると、柵を飛び越えて出現したピーちゃんが男に飛びかかり、顔面目がけて蹴爪を振るっていた。

「うわっ、なんだこいつ。痛え」男が頭をかかえて逃げ回る。

「加古川君、大丈夫？」

日吉さんが駆け寄ってくる。飛田はというと、「おおっ、泥棒対狂戦士」と言いながらピーちゃんをカメラで撮影していた。それは最も優先すべき事項なのだろうかと疑問に思った。

「てめえ、なんだこのニワトリ」

男がカッターを振り回し、ピーちゃんがわずかに怯《ひる》んで飛び退《の》く。男がピーちゃんを蹴ろうと踏み出した。

その瞬間、俺の隣で風が巻き起こった。日吉さんが男に急迫し、かけ声とともに胸に正拳《せいけん》突《づ》きを入れた。

「エイィ！」

重い音がして男がよろける。続けて回し蹴りが当たり、男は首を四十五度にかしげた変な姿勢のまま横倒しになった。日吉さんがつっかけていたサンダルが脱げて天高く飛び、逆さまに落ちた。

「おお」飛田がカメラを構える。「もう一回」

「やだよ。……ちょっ、ピーちゃん」残心《ざんしん》をとっていた日吉さんは、ピーちゃんが倒れた男に飛びかかってつつき回すのを見て、慌てて止めに入る。「ちょっと、こらっ、やめなさい」

興奮状態のピーちゃんは日吉さんにも飛びかかり、ついでにそれを撮ろうとした飛田にも飛びかかった。

「うわっ、ちょ、加古川警察呼べ警察」

「動物の行為に刑法は適用できないが」

「違う馬鹿。こいつだよこの男」飛田は頭をかかえてピーちゃんから逃げ回りながら、伸びている男を指さす。「これもう大事件だろ。一一〇番だよ」

「それもそうだな」

ただの些細《ささい》な窃盗事件のはずが大ごとになってしまっている。俺は携帯を出したが、なぜかその途端、ピーちゃんが俺の方にくるりと向き直り、すててて、と走ってきた。

「うわっ」

人間三人がピーちゃんに追い回されながら一一〇番通報をし、パトカーが駆けつけて男が逮捕されたのはそれから十五分後だった。ピーちゃんの蹴りで飛田はうなじに新たな傷を作り、俺も右手に引っかき傷を作った。日吉さんはしきりに謝っていたが、本人にその自覚がないとはいえ俺を助けてくれたのもピーちゃんなので、捕《とら》えて手羽や腿肉にする気は起きなかった。

※

頭上のヘリコプターはまだホバリングを続けている。

「……で、どうするんだ。記事は」

刑事から一旦解放されて戻ってきた飛田に訊くと、飛田はなぜか頭をかかえた。「カメラ、証拠品として預からせてくれって言われちまった」

「データはあるだろ」

「あるんだけど」飛田は疲れ切った顔でしゃがみこんだ。「おかしいなあ。最初は『白いカラス』の話だったはずなんだけど」

そう言われてみればそうだ。最初は、確実性のいささか怪しい「白いカラスを見た」という噂に過ぎないはずだった。それがニワトリの謎の怪我の話になり、カラスの買い物の話になり、無人販売所の窃盗犯の話がついてきて、しまいには俺が窃盗犯に人質にとられて捕物にまで発展してしまった。大事件である。しかも。

捕まった窃盗犯の事情を、さっき刑事の一人が教えてくれた。あの男は強盗をやって逃亡中の指名手配犯だったのである。刑事が口にした名前は確かに交番や駅前の掲示板に顔写真が貼られていたもので、見覚えがあった。大物だったのだ。カメラで撮られたと知って必死になった理由はそういうことだった。男は逃走中に資金が尽きてこの近所で路上生活をしており、日吉さん宅の無人販売所には現金欲しさに何度も来ていたらしい。それを聞いた日吉さんは「怖い」と身を固くしていたが、それをさっき蹴り倒したのが自分だということを忘れているのだろうか。

結局、白いカラスから始まってここまで話が膨らんでしまった。飛田にとっては棚から牡丹餅《ぼたもち》、のはずなのだが、その飛田はなぜか頭をかかえて「手に負えねえ」と言いながらうずくまっている。日吉さんがその肩をぽんぽんと叩いている。

それを見ながら「これは面白い心理だな」と思った。特ダネを熱望していたはずなのに、予想をはるかに超える大物が手に入った途端にこれだ。『芋粥《いもがゆ》』の心理と似ているが、メカニズムは少々異なる気がする。脳の報酬《ほうしゅう》系の働きと一体どういう関係があるのだろうか。

俺が考えていると、自動販売機の方で悲鳴があがった。見ると、柵を飛び越えて出現したピーちゃんが、自分のナワバリに入った刑事たちに飛び蹴りをくらわせたところだった。

黒子羊はどこへ

小川洋子

村で唯一の託児所《たくじしょ》『子羊の園』のはじまりは、大風の吹いたとある夜に遡《さかのぼ》る。その日、沖合いを行く貿易船が座礁《ざしょう》し、多くの積荷とともに二頭の羊が海岸に流れ着いた。夜明けを待ちかねて集まった村人たちが、何か持ち帰れる物はないかと海岸線をあさっているそばで、二頭の羊は身を寄せ合いながら晩秋の冷たい風にさらされ震えていた。豆も小麦も織物も、積荷の多くが塩水をかぶって駄目になっているのと同様、羊もまた、村人にとってはほとんど何の役にも立たないただの漂流物にすぎなかった。長い航海のせいか、それとも一晩の恐怖のためなのか、蹄《ひづめ》は割れ、目は薄桃色に染まり、顔は傷だらけで血がにじんでいた。羊を最も的確に象徴すべきはずの毛はぐっしょりと濡れ、もつれにもつれ、あちこちに海藻《かいそう》の切れ端が絡《から》まって変な臭《にお》いを発していた。誰もが羊などそこにいないかのように振る舞った。二頭は鳴きもせず、逃げる気配も見せず、ただ全身からポタリ、ポタリと雫《しずく》を滴《したた》らせていた。

こんなものを持ち帰っても家畜に病気を移されるか、雑種が産まれて面倒なことになるだけだ、と村人たちは思った。二頭は村の羊たちとは明らかに異なる形態をしていた。毛の色はお馴染《なじ》みのアイボリーホワイトだったが、体はもっとずんぐりとし、脚が短かった。耳は威勢よくぴんと突き立ち、その脇から は立派な角《つの》が生えているにもかかわらず、盛り上がって長すぎる鼻筋と、極端に離れた目のせいでどこか間が抜けて見えた。そんなふうに一個一個遠くに取り残された瞳では、さぞかし世界を眺めるのに不自由だろうと同情するほどだった。

いつしか雲は風に運ばれ、嵐の名残は去ろうとしていた。座礁した船は、誰に助けてもらうこともできないまま大きく傾き、白波の立つ濁《にご》った海の中ほどに取り残されていた。東の水平線からは、ちょうど太陽が昇るところだった。その日最初に海岸へ届く朝日を背中に受けながら、二頭の羊は交尾をした。互いの震えを交換し合うような、あるいは相手の無事を祝福するような交尾だった。とても静かな営みだったので、村人は誰一人気がつかなかった。

結局二頭の羊は、村はずれに住む、寡婦《かふ》になったばかりの女が家へ連れ帰った。夫が死んだあと家畜を全部売り払っていたため、病気や雑種の心配をする必要もなく、一人暮らしの退屈を紛らわすペットにでもなればという、気楽な気持からだった。

冬の間中、女は窓辺の寝椅子《ねいす》に横たわり、庭で草を食《は》む羊たちを眺めて過ごした。どんなに寒い日でも、天気さえよければ、二頭は小屋から出て庭を自由に歩き回った。羊とはそういう性質なのだともちろん女はよく知っていたが、彼らが決して離れ離れにならないのを目にすると、心がなごんだ。二つの瞳が焦点を結ぶ範囲からお互いはみ出さないよう、気を配り合っているのが伝わってきた。

海藻を取り除き、消毒液の浴槽に浸《つ》け、毎日ブラシで手入れをしてやるうち、ほどなく毛は本来の姿を取り戻した。モワモワと幾重《いくえ》にも重なり合った縮れ毛は、一見好き勝手な方向にカールしていると思わせながら、実は見事なまとまりで全身を包み、思わず指先を埋《うず》めてみないではいられないほどの柔らかさにあふれていた。特に日溜《だま》りの中にいる時は、毛先の一本一本が光を帯び、そのアイボリーホワイトにいっそうの温かみを与えていた。

しかし何より女を夢中にさせたのは角だった。彼らにはともに角が生えていた。それこそが、誰一人足を踏み入れたためしもない遠い果てから二頭がやって来た事実を示す、何よりの証拠だった。日に日に成長し、形状を変化させてゆくそのありさまを観察することは、彼女にとって一番の楽しみになった。村の羊たちが一頭たりとも持っていない角が、自分の羊にだけ授けられているのだと思うと、誇らしくもあった。

長すぎる鼻筋の付け根から続く、こぢんまりとした頭頂部は大方耳に占領され、もうほとんど余分なスペースなど残されていないのに、無理は承知の上で、といった風情《ふぜい》で半ば強引にそれは生えていた。根元が毛の中に隠れているため、女は最初、ぺたんと接着しているだけの構造かと誤解していた。しかし指でよく探ってみれば、間違いなく頭蓋骨《ずがいこつ》の一部が力強く皮を突き破っているのだと分かった。頭上にいくらでも自由な空間があるというのに、真っ直ぐ宙へは伸びてゆかず、後方から下方へと方向転換し、わざわざ狭苦しい耳とこめかみの間を通って独自の曲線を描いていた。毛とよく馴染む蜂蜜《はちみつ》色をし、地層のような細かい筋があった。その一本一本の筋が、頭蓋骨から汲《く》み上げられ、刻み付けられた彼らの記憶のように見えた。

尻尾《しっぽ》を揺らすのはどんな時か、耳がいかに敏感にピクピクするか、出入り口から数えて何番めの柵板に一番よく鼻をこすりつけるか、太陽の高さによって瞳の色がどう移り変わるか、女には何でも分かった。この二頭の羊について、世界中で自分ほど詳しい人間は他にいないと彼女は自負した。

二頭はうつむき、睫毛《まつげ》を伏せ、ひたすら黙々と草を食べた。暴れもせず、退屈もせず、誰かの気を惹《ひ》こうともしなかった。彼らがそこにいるだけで、庭は深い静けさに満たされた。窓ガラス越しにさえ、舌が草を巻き取る音が聞こえてきそうだった。その音とも言えない微《かす》かな気配が、二頭の言葉なのかもしれない。彼らは草を食べているのではない。思索にふけっているのだ。女はそう思い、いっそう窓の近くに顔を寄せ、水滴の伝うガラスで頰を濡らしながら耳を澄ませた。そんなふうにして女は、夫のいない初めての冬をやり過ごした。

やがて春が来た。じめじめした冬の空が海の向こうへ去るのを確かめると、居場所を移動すべき段階が訪れたのを自覚し、女は寝椅子から抜け出した。春は剪毛《せんもう》の季節だった。寝椅子には身体の輪郭《りんかく》のとおりに窪《くぼ》みができ、どんなに均《なら》そうとしても元には戻らなかった。いつの間にか貿易船はばらばらになり、波に飲まれて姿を消していた。

女は夫が使っていた鋏《はさみ》の錆《さび》を落として刃を砥《と》ぎ、ヨードチンキとスノコとシーツを用意すると、村で一番の腕を持つ毛刈り人のところへ出向いて予約を取った。当日に備え、毛を乾燥させるため普段より長く日光に当てるよう努め、前日からは小屋に閉じ込めて絶食させ、胃を空にした。

二頭分で何キロくらいの毛が採れるだろうか。女は思い描いた。それでセーターを編もう。染色などしないで、アイボリーホワイトのままで、それ一枚さえあれば冬の間中何の心配もいらないという気持にさせてくれる、胸に編み込み模様の入ったセーターを。

約束の朝、剪毛には申し分のない清々《すがすが》しい空が広がっていた。

「さあ、お前たち。出ておいで」

小屋の扉を開けると、赤ん坊が産まれていた。全身真っ黒の子羊だった。

春は剪毛だけでなく、出産の季節でもあった。世界中で自分ほど、などと自負しながら、そんな大切な事態に最後の最後まで気づかなかった迂闊《うかつ》さを女は恥じた。

差し込む朝日の先、薄ぼんやりとした敷草のかたまりの中に子羊は立っていた。ついさっき産まれたばかりらしく、腹部からは千切《ちぎ》れた臍《へそ》の緒の先が垂れ下がり、体は透明な粘膜《ねんまく》に覆われ、毛は羊水で濡れそぼっていたが、それでもなお、その子が放つ黒はあたりを圧倒していた。耳の内側の産毛《うぶげ》から睫毛の一本一本まで、蹄の先から瞳の奥まで、どこにも例外はなかった。すべてが黒色だった。

どのような仕組みによって両親のアイボリーホワイトがこの黒を生み出したのか、女が驚きに打たれ、立ち尽くしているのをよそに、三頭の親子は少しも動じていなかった。あらかじめ定められていたとおりのことが為《な》されただけだ、といった様子で、光の射してくる方にただじっと顔を向けているのだった。

黒い子羊の噂はたちまち村中に広まった。村人は誰一人、黒い色の羊というものを見たことがなく、それを何かの良くない印であると信じた。溺れ死んだ船員の怨霊《おんりょう》、流行《はや》り病《やまい》の警告、飢饉《ききん》の前触れ、海の神の怒り、戦《いくさ》の通達……。いずれにしても黒い子羊が話題に上る時、人々は皆眉間《みけん》に皺《しわ》を寄せ、声をひそめた。女の家にはできるだけ近づかないよう用心し、どんなに遠回りになっても、黒い子羊が目に入らない小道を選んで歩いた。

しかし、子どもだけは別だった。禁止されればされるほど、彼らは黒い子羊を見たがった。良くない印の噂がいっそう彼らをうっとりさせ、むずむずさせ、居ても立ってもいられない気持にした。子どもたちは皆、身軽ですばしっこく、エネルギーに満ちあふれ、飽きるということを知らなかった。足音一つした気配もないのに、ふと女が窓の外を見やると、彼らは既《すで》に柵の外側に集まり、各々自分にぴったりくる幅の隙間に顔を押し当てて子羊を見物していた。隙間からのぞく赤らんだ額や、草の汁で汚れた靴や、羊と変わらない柔らかさで風になびく髪を見れば、彼らがどれほど夢中になっているかが分かった。

黒子羊はどんどん成長した。春の終り頃には乳離れをし、元気に庭中を探索して草をたくさん食べた。体が大きくなるにつれ、黒色はますます艶《つや》と深みを増していった。風景のどこを見回しても、これと同じ色を見つけるのは不可能だろうと誰もがそう感じる、特別な黒だった。小屋の柱にしきりに頭をこすり付けるようになると、やがて頭頂部の一部が盛り上がり、薄皮が破れ、角が生えてきた。もちろん黒い角だった。それを見届け、安堵したのか、親羊は相次いで死んだ。その死の記憶が一本めの筋になって角に刻まれた。

子羊が動くたび笑みを浮かべ、優しく語り掛けようとして名前を知らないのに気づき、はっと息を飲む子。撫でてみたい気持を抑えきれず、遠慮がちに隙間から腕を差し入れ、指をひらひらさせている子。わけも分からないまま、とにかくぴょんぴょん飛び跳ね、帽子が落ちたのにも気づかない子。そんな子どもたちを前にどうして、黒い災いに近づいちゃいけないよ、良い子は大人しくお家へお帰り、などと言って追い返したりできるだろうか。女は彼らを庭へ招き入れ、好きなだけ子羊を撫でさせてやり、角にも触らせてやり、首に抱きついたり追いかけごっこをしたり紐につないで散歩させたり、何でも望みをかなえてやった。遊び疲れると、前の日に焼いたアップルパイを切り分けて振る舞った。家中の椅子とクッションを食堂にかき集めても皆は座りきれず、小さな子は競争で女の膝によじ登ろうとした。小ささとはどこか不釣合いな重み、よだれとバターと汗が混じり合ったにおい、何重にも交差して水滴のように弾ける声の響き。自分の子どもを産まなかった彼女には、彼らがもたらす何もかもが新鮮だった。

思いがけず女は後半生、託児所の園長として生きることになった。それ以外に名付けようもないといった口振りで、村人たちはそこを『子羊の園』と呼んだ。

子どもたちが帰ったあと、日暮れが近づく中、庭に立つ黒子羊を眺めるのが園長は好きだった。後片付けの手を止め、しばらく窓辺に佇《たたず》むこともしばしばだった。子どもの相手で疲れた神経を休めようとしているのか、あるいは彼らの帰る場所が安らかであるよう祈っているのか、黒子羊はちょうど一番星が昇るあたりの一点をじっと見つめている。尻尾も鼻先も耳も動かさず、瞬《また》たきさえしない。四つの蹄は草地を踏みしめ、角は強固な弧を描き、瞳は大きく見開かれている。左右離れ離れに取り残されたあの瞳で焦点を合わせると、他の誰の視線も届かない世界の遠くが見通せるのだろうか。園長は曇ったガラスを掌《てのひら》で拭《ぬぐ》う。もうすぐそこまで夕暮れが迫り、あたりは闇に飲み込まれようとしているにもかかわらず、羊の黒色だけは何ものにも損なわれない気高さを保っている。子どもたちが食べ散らかしたアップルパイの皿を両手に抱え、園長はいつまでも羊から目をそらすことができないでいる。

毎週土曜日の昼下がり、園長は子どもたちを連れ、上流の船着場を出発した遊覧観光船がちょうど村の運河を通り過ぎる頃合いを見計らって、保養公園へ散歩に行く。公園の南側に広がる芝生の斜面からは、運河が間近によく見える。

「さあ、どうでしょう。今日はお休みかもしれませんよ」

わざとじらすように園長が言うと、子どもたちは自分こそが遊覧船の第一発見者になろうとして、ベンチの上で立ち上がったり、コインを入れても作動しない壊れた望遠鏡を覗《のぞ》いたり、水際まで駆け下りたりして大騒ぎする。ほどよく興奮が高まった頃、午後の一時四十五分、運行予定表のとおりに遊覧船が橋の向こうから姿を現す。色とりどりの三角の旗で飾り付けられた、ガソリンのにおいのする細長い船だ。

昼食を終え、デッキで飲み物を楽しんでいる観光客たちに向かい、子どもたちは精一杯背伸びをして手を振る。グラスを片手に手すりにもたれ、客たちもまた、愛嬌《あいきょう》たっぷりの彼らに手を振り返す。ほんの十数秒の間、運河を挟んで笑顔が交差する。

遠い町からやって来た船の乗客は決して裏切らない、ということを子どもたちは知っている。彼らは黒子羊の噂をする村人のように、目をそらしたり遠回りをしたり声を潜めたりはしない。それどころか、芝生の広場で飛び跳ねているこの小さな者たちを、少しでも喜ばせようとする。お安いご用だと言わんばかりに、善良な笑みを浮かべる。
まるで僕たちを愛しているかのようじゃないか。子どもたちはますます躍起《やっき》になる。だから『子羊の園』の子らは皆、このささやかな、たった十数秒の土曜日の習慣をいつも楽しみに待っている。

村人たちは『子羊の園』などどうせ長続きしないだろうと決め付けていた。女に子どもの相手が務まるとは、とても思えないからだった。女は地味で凡庸《ぼんよう》で人見知りが激しく、愛想よく笑う姿をほとんど誰にも見せたことがなかった。いつも体のどこかが痛むのを我慢するような、なぜ自分が今ここにいるのか思案に暮れるような、うちしおれた皺を額に寄せていた。肉親との縁が薄いうえに結婚生活は短く、出産経験もなく、一人の友だちさえいなかった。しかし彼女は覚悟を決めていた。誰かから頼まれたわけでも、お告げがあったわけでもなく、ごく自然にわき上がってきた覚悟だった。それどころか人知れず、ようやく天職にめぐり合えた気持でさえいた。

誰にも気づかれてはいなかったが、唯一の取り柄として、彼女は子どもを引き寄せる才能を持っていた。自分自身がまだ子どもと呼ばれる年齢の頃から既に備わっている特別な能力だった。例えばデパートのおもちゃ売り場や、移動サーカスの入場券売り場や、総合病院の小児科外来を通りかかると、しばしば見知らぬ子どもから視線を送られた。当事者にしかキャッチできない匂いによって引き寄せられる昆虫のように、彼らは何の疑いもなく彼女に瞳を向けてきた。おもちゃもサーカスも、待合室の絵本も放り出し、目をくりくりさせながら、「何だ、ここにいたの?」とでも言いたげな表情を浮かべた。スカートの襞《ひだ》、ブラウスの袖口、ハンドバッグの留め金、手首、踝《くるぶし》、ふくらはぎ。時にはそういう場所を触ってきたりもした。別に愛想笑いを浮かべる必要などなかった。額の皺もそのままに、ただそこに立っているだけでよかった。

同じ理屈から、迷子を見つけるのも得意だった。迷子がまとう独自の輪郭を察知し、本人がそうと気づいて泣きだす前に、手を差し伸べる術《すべ》を持っていた。迷子は素直に彼女の手を握った。探していたのはママではなく、あなただったのです。そんなふうに語り掛けられている気持にさせる素直さだった。

自分のこの特性を他人に悟られないよう、彼女は慎重に振る舞ってきた。なぜかは自分でも分からないが、そうする方がいいという予感がした。親たちはたいてい自分の都合にかまけ、子どもがこっそり誰と視線を交わし合っているか気にも留めていなかったし、また子どもの方は、彼女について説明するための言葉を何一つ持ち合わせていなかった。

二十になる少し前、彼女は一度だけ妊娠したことがある。誰にも打ち明けられず、病院に行く勇気もなく、浮かんでくるのはただ、羊小屋の敷藁《しきわら》の上で産めばよいのだろうか、などというぼんやりした考えばかりだった。悪阻《つわり》がどんどんひどくなるなか、農業祭りの日、彼女の編んだ羊毛のセーターが品評会で一等を獲った。賞品は、いくら一等賞とはいえ、たった一枚のセーターにはあまりにも不釣合いに仰々《ぎょうぎょう》しい、ごてごてと飾りの多いトロフィーだった。それが重すぎたのかもしれない。トロフィーを抱えて家まで歩いて帰った日の夜、流産した。

この経験以降、彼女と子どもたちの間に交わされる目配せの秘密はいっそう奥行きを増していった。彼女は胎児《たいじ》が去っていった後の空洞《くうどう》にその秘密を閉じ込め、こっそりと温め、熟成させていった。そして黒子羊が誕生した朝、いよいよ子どもたちに号令をかける時が訪れたのだと悟った。

村には毎年赤ん坊が生まれた。だから黒子羊を見物に来る子どもが途絶えることはなかった。時に死産や病死が重なったり、ぱったりお産が途切れたりする時期もなくはなかったが、ほどなく遅れを取り戻そうとするかのように双子や三つ子が続けざまに生まれて穴埋めをした。その間にも黒子羊はどんどん黒く立派に成長していった。

「……一八七八年のある日のことです。お父さんがおもちゃのヘリコプターをお土産に買ってきました。お兄さんは十一歳、弟は七歳でした。鳥でもないものが空を飛ぶのを見て、兄弟は驚きました。そのおもちゃはまるで、妖精に魔法をかけられたかのように、風の中に浮き上がっていたのです。おもちゃはすぐに壊れてしまいましたが、兄弟は少しもがっかりしませんでした。部品をばらばらにして仕組みをよく観察し、設計図を描いて新しいヘリコプターを作ることができたからです……」

ようやく字を読めるようになった子が、得意げに本を音読してくれる時、園長は最も深い安らぎを感じた。

「ねえ、ねえ、園長先生。準備はいい？」

準備と言ってもただ、椅子に腰掛けるだけでよかった。子どもはとっておきの一冊を抱えて園長の膝の上によじ登り、もぞもぞしながらお尻をぴったりくる位置に落ち着けた。おもむろに最初のページが開かれると、それを合図に園長は両腕で胴体を抱き寄せ、胸と背中をくっつけ合い、小さな肩に頰を近づけた。彼らの唇《くちびる》から一つ一つ言葉が発せられるたび、ふわふわした髪の毛が鼻先をくすぐった。

「……望遠鏡を使い、初めて天体を観察した人はガリレオです。ある日、オランダのめがね屋さんが、レンズで遊んでいた子どものいたずらから偶然、遠くのものが近くに見える装置を発明しました。ガリレオはこれを改良して、星空を観察したのです。最初に、お月さまから覗いてみました。月の表面は皆が思っているようにツルツルはしていませんでした。いくつも穴が開いて、ゴツゴツしていました……」

愛くるしい声、一生懸命な息遣い、ぶらぶら揺れる足、窓から差し込む光。窓の外の黒子羊。これ以上の幸せがあるだろうか。うつむいて草を食《は》む黒子羊の両耳はぴんと立ち、ちゃんと子どもたちの音読に聞き入っているのが分かる。

園長のお気に入りは特に、偉人伝のシリーズだった。ライト兄弟もガリレオも、ヘレン・ケラーもキュリー夫人も、人類史上に残る偉業を成し遂げた人物の一生が、この未熟でたどたどしい者の両手の中に、今すっぽりと納まっている、と思うだけで爽快な気分になれた。そして偉人伝の中に必ず登場する、〝ある日〟の一言。これが現れた途端、逆らいようもなく運命は動いてゆく。ライト兄弟が飛行機で空を飛んだのも、ガリレオが地動説を証明したのもすべて、〝ある日〟の訪れのおかげだった。このダイナミックな感じが、彼女の心を躍らせた。

主人公の偉業とは対照的に、子どもたちの音読はあどけなかった。舌はまだ上手く回らず、リズムは途切れ途切れで、一文字一文字なぞる指先ははかなげ

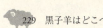

だった。時折読み間違えると、自分でも変だと思うのか、瞬きをして宙に視線を泳がせ、ついでのように振り返って「ちゃんと、聞こえてる?」という目を向けてきた。

「お利口で綺麗なお声が、とってもよく聞こえますよ」

いつでも園長は、彼らが求める何倍もの称賛を贈る。

ページが進むにつれ、彼らの声は胸の隅々にまで染み渡り、二人の体温は一つに溶け合い、膝の上の重みと自分の輪郭の境目があやふやになってゆく。どんな偉人も皆、〝ある日〟に出会う前は子どもだった。この温かく柔らかい、安心しきった、小さな重みが持つ美しい季節を通り過ぎたのだ。声にならない声でそうつぶやき、彼女は両腕に力を込め、更に強く子どもを抱き寄せる。

「ねえ、まだ?」

順番を待ちきれない次の子が、園長のスカートを引っ張っている。

停留所でバスを待ちながら、運河沿いを自転車で走りながら、夕飯の買い物をしながら、無意識のうちに園長は行き過ぎる人々を二種類に分類する。『子羊の園』に入る資格がある者と、ない者。子どもと、そうでない者。単純な分類なので、一目で見分けられる。抱っこできるかどうか、基準はそれだけだ。

抱っこが必要な時、彼らは実に巧《たく》みで俊敏《しゅんびん》な動きを見せる。真正面から走り寄り、ぴょんと飛び上がったかと思うと、次の瞬間、広げた両脚、両腕を腰骨と首に巻きつけている。気づいた時にはもう、全身がしかるべき位置に密着している。そのたび園長は、自分の腰骨の窪みや、首の直径や、肋骨《ろっこつ》の隙間や胸の弾力や、何もかもが抱っこにうってつけの役目を果たしていることに気づかされる。自分の体に備わっている子ども専用の空洞が、必要な時だけ出現する不思議をしみじみとかみしめる。

無事その空洞に納まって、彼らは満足げな笑みを浮かべる。そうなればもはや重みなど感じない。彼らはそこでラッパを吹き鳴らすこともできるし、両手にクッキーを持って頬張ることもできる。一時間でも二時間でも、好きなだけ眠ることだってできる。それでこそ子どもだ。

子どもでなくなるサインは、本人にさえ悟られないほどの用心深さでひたひたと忍び寄ってくる。「あれ、妙だな」と思った時には既に手遅れになっている。いくら懸命にしがみつこうとしても、重くなりすぎたお尻はずり落ち、両腕は痺《しび》れ、顎に当たる鎖骨がゴツゴツして気持が悪い。手の施しようがないほどに、空洞からはみ出してしまっている。そもそも抱っこが必要なのはどんな時だったのか、いくら考えても思い出せない。数えきれない子どもを抱っこしてきた園長でも、そのサインを発見すると、胸が締めつけられる。

眠れない夜、園長は抱っこを求める彼らの両脚が、パッと開く瞬間をまぶたの裏に思い描く。吊りスカートの裾が翻《ひるがえ》り、パンツが覗いて見える。あるいは半ズボンが思い切り引っ張られ、ぷっくりとしたお尻の形が露《あらわ》になる。彼らには恥じらいもためらいもない。人間の脚とはこのように自由に振る舞えるものなのか、と思わせる大胆さを見せる。まだ十分に成長しきっていない、か細い太ももが腰骨に沿って密着し、足首は背骨のあたりで交差している。鼻先と頬が触れ合う。みぞおちに股間が押し付けられる。そこから温かみが伝わってくる。その感触さえ蘇《よみがえ》ってくれば、安らかな眠りに落ちることができる。

金曜の夜、残り物のフライをパンに挟んで簡単な夕食を済ませると、園長はJの歌を聴きにナイトクラブへ出掛ける。入念にシャワーを浴び、無駄毛を処理し、シルクのワンピースに着替える。口紅を塗り、髪を結い上げ、普段は隠れている耳たぶにイヤリングを飾る。Jからプレゼントされたイヤリングだ。

バスを終点の一つ手前で降り、メインストリートから一本西に入ってしばらく歩くと、右手に村で一番古いビルが見えてくる。その一階にナイトクラブはあった。いつも繁盛している評判のいい店だったが、Jが専属の歌手になってから女性客が増え、いっそう繁盛するようになっていた。看板のネオンサインは色鮮やかに輝き、出入りする客の姿は途絶えず、ドアマンが扉を開け閉めするたび店内のにぎわいが通りにまであふれ出ていた。

通りの向かい側からしばらく人の動きを観察したあと、ドアマンが後ろを向いた瞬間を見計らい、園長は素早くビルとビルの隙間に体を滑り込ませる。壁にこすれてワンピースが汚れないよう注意しつつ、店の裏口へ回り込む。排気口の真下、ポリエチレン製のゴミ箱の上が彼女の指定席だった。

最初のうちは勇気を振り絞り、何度か店内へ入ろうと試みた。しかしマイクを握るJの姿がドア越しにちらっとでも目に入った途端、鼓動が激しくなり汗が噴き出し、それ以上足を踏み出すことなどできなくなってしまった。『子羊の園』の園長が夜、お酒を飲みに出歩いていると村人たちが知ったら、きっと変な噂を立てるだろう。万が一、Jの評判に傷がつくような危険を招いてはいけない。もしそんな事態に陥《おちい》ったら、とても自分には耐えられそうにない……。

「ご入店なさいますか？　お客様」

言葉遣いは丁寧ながら、ドアマンは明らかにいぶかしげな表情を浮かべていた。

「いいえ、すみません。間違えました」

とっさに園長はビルの隙間に逃げ込み、通りの人影が目に入らない薄暗がりに身を潜め、ハンカチで汗を拭いながら息が鎮まるのを待った。耳元でイヤリングがひどく揺れていた。そこがゴミ箱の並ぶ裏口だった。

それは彼女にとってうってつけの座席となった。余計な人は誰もおらず、ゴミ箱のサイズは体にぴったりと合い、排気口からは間違いなくJの歌声が聞こえてきた。そのうえ、お金もかからなかった。もちろんモーター音や周りのざわめきに邪魔されはしたが、それは神経をただひたすらJに集中させて耳を澄ませればいいだけの話で、何ら難しくはなかった。愛らしさがたまらなく極まった時、なぜかふっと影がさして喜びと淋しさの見分けがつかなくなる瞳。低音になるにつれ震える睫毛。大事な人の手を握っているかのような、マイクを持つ指の形。靴先で刻まれる、他の誰にも気づかれない、彼女だけに届く暗号のリズム。歌っている時のJについて何でも知っている園長にとってみれば、まぶたを閉じ、胸に浮かんでくるJを見つめることは、目の前に彼がいるのと同じだった。

彼女は足元にハンドバッグを置き、ゴミ箱の蓋ががたがたしないよう体勢を整え、ワンピースの皺をのばす。排気口を見上げ、そこから噴き出す空気の流れを最大限にキャッチできる向きに、両耳を傾ける。

Jのうたう歌はどれもロマンチックだ。君にあげられるのは愛だけ、それ以外には何もない、でもきっと許してくれるね、二人が出会えた運命を神様に感謝するよ、僕のためにどうか愛の言葉をささやいておくれ、夜明けが来ても帰らないで、ずっとそばにいて、愛してるよ……。

こんな幻のような言葉に息を吹き込み、輝きと情熱と真実を与えられるのはJ以外にいない。彼によって愛という言葉の本当の意味を捧《ささ》げられているのは、世界中で自分一人だ。ステージの上で歌っているJの歌声は、客たちのものかもしれない。もちろんそれは認めよう。しかし、今、この油と埃《ほこり》にまみれた、臭い排気口から響いてくる彼の歌声は、私の鼓膜だけに届いているのだ。その証拠にほら、まるでJが耳たぶに触れているかのようにイヤリングが揺れているじゃないか。胸苦しいほどの高まりを覚え、園長は一つ、長い息を吐き出す。

Jが歌手になるのは当然の成り行きだった。彼の歌声が特別な祝福を受けたものであることに、彼女は最初から気づいていた。ほんの一瞬、口ずさむだけで十分だった。人が人になる以前、もっと危険な世界に取り残されていた遠い昔、安住の地へつながる合図を聞き取るため、ひたむきに耳を澄ませていた記憶を呼び覚ます声だった。うっとりとして身をゆだね、この声に乗ってどこまでもついてゆきたいという気持にさせる響きを持っていた。その光沢、柔らかさ、豊かさは、自然界にある何ものに譬《たと》えても足りなかった。もし譬えられるとすれば、黒子羊のカールした羊毛だけだ。そう園長は確信していた。

クラブはいつもにも増してにぎわっている様子だった。客たちの嬌声や拍手や食器のぶつかり合う音は途切れることがなく、排気口はフル回転していた。ビール、生魚、にんにく、ラード、臓物、ウィスキー、生クリーム、胃液、唾、さまざまな臭いが頭上から降り注ぎ、園長の全身を覆っていた。時折、油の雫も落ちてきた。結い上げた髪の間に紛れ込んだそれは、ゆっくりとこめかみを伝っていった。

涙が止まらない夜は僕のところへおいで、この愛は永遠の魔法さ、他の誰かのためにウィンクしないで、君は僕だけのもの、今夜、星空の下で口づけをしよう。

途切れ途切れになりながらも、雑音と臭いの隙間を縫い、長い道のりに耐えてたどり着くからこそなお、Jの歌声は健気だった。垂れる油に構いもせず、園長はビルの屋根に切り取られた群青《ぐんじょう》色の空を見上げた。そんな細長い空にもちゃんと星が瞬いているのを確かめ、夜風で冷たくなった両手に息を吹きかけた。ハイヒールの爪先が痛み、靴擦《ず》れに血がにじんでいるのだと分かった。ええ、大丈夫よ、夜が明けたって帰ったりしないわ、あなたの胸以外に戻る場所などないもの、あなたと一緒に天に感謝するわ、そうね、星がきれいだから、口づけをしましょうね。

こらえきれずに彼女は目を閉じ、両耳のイヤリングをそっと握り締めた。それをプレゼントしてくれた時、小さな箱を掌に載せ、ひざまずいていたJの横顔が浮かんできた。美しい歌声を既に十分すぎるほど捧げてくれているのに、それでは足りなくて、なのにこんなつまらないものしかプレゼントできず、ごめんなさい、とでも言いたげなはにかんだ横顔だった。それから二人でダンスを踊った。Jは歌うように踊ることができた。手を握り、腰に腕を回し、彼女をリードした。イヤリングも一緒に踊っていた。二人の足は寄り添い、触れ合い、交差しながら床に音符を描いていった。彼女の背中にはずっといつまでもJの掌の感触が残っていた。ダンスの終わりの合図はキスだった。無邪気な、ほんの一瞬の、けれどどこかおずおずとしたキスだった。彼女を見つめる瞳には、自分の唇がちゃんと望まれたとおりの役目を果たしたかどうか問うような表情が浮かんでいた。何の心配もいらないのよ、と答える代わりに彼女は、Jの頬を両手で包んだのだ。

「ちょっと、おばさん」

突然裏口から残飯の袋を提《さ》げた店員が出てきた。

「邪魔、邪魔」

園長は慌てて立ち上がり、ハンドバッグを抱えた。乱暴にゴミ箱に放り込まれたビニール袋から汁が飛び散り、ワンピースの胸元を汚した。

「ごめんなさいね」

走り去る園長の背中で、店員が舌打ちするのが聞こえる。髪は解《ほど》け、足はかじかみ、ストッキングには泥が跳ね上がっている。たった今、Jと口づけを交わしたばかりであるかのように、口紅は大方落ちかけている。

その夜は、『子羊の園』までバスに乗らずに歩いて帰った。なぜか夜道を一人で歩きたい気分だった。店員が追い掛けてこないか少し心配で、ビルの隙間を抜け出る時振り返ってみたがそんな気配はどこにもなく、メインストリートを外れるともう、誰ともすれ違わなかった。

園長は心置きなく、Jがうたってくれた歌をハミングした。見上げると、ガリレオが喜びそうな星空が一面に広がっていた。彼女が一歩足を踏み出すたび、排気口の臭いが闇の中に立ち上っていった。小道を曲がると柵に囲まれた園庭と、片隅の藪《やぶ》の下でうずくまる黒子羊が見えてきた。出掛ける前、胸が高鳴ってうっかり小屋へ入れるのを忘れてしまったようだった。それでも黒子羊は何の不足もない様子で穏やかに眠りに落ちていた。どんなにすっぽり夜の闇に包まれていようと、彼女にはその黒色をちゃんと見分けることができた。

園に帰り着くとまず、何より大切なイヤリングを外して宝石箱に仕舞う。それはとても壊れやすいので慎重に扱わなければならない。色とりどりのビーズを通した五センチほどの木綿糸の先に、厚紙でできた黒い羊がぶら下がっている。Jの素晴らしいアイデアにより、留め金には書類を挟む事務用のクリップが使われている。片方の羊は太り気味、もう片方は顔が長めで、角度によっては犀《さい》やアリクイにも見える。黒く塗りつぶされた表面には、上下左右、はみ出さんばかりにクレヨンを動かし、鼻も目も口も全部黒色に閉じ込めてしまったJの元気のよさが表れ出ている。おかげで表と裏、離れ離れに取り残された両目は、永遠に暗闇を見続けることができる。

二十年近い月日の流れのために厚紙は張りを失い、縁はささくれ、木綿糸はいつ切れてもおかしくないほど細くなっている。これをJがプレゼントしてくれたのは、『子羊の園』開園何周年かの記念日だった。部屋を造花とモールで飾りつけ、デコレーションケーキを焼き、園長と子どもたちだけでささやかなお祝いをした。誰の誕生日でもないのになぜお祝いするのか、子どもたちはよく分かっていなかったが、それでも楽しい気分を味わって喜んでいた。エンターテイナーとしての片鱗《へんりん》を発揮し、Jは園長を喜ばせるために何でもしてくれた。歌も、ダンスも、キスも。

あの時のJの何と可愛らしかったことか。ふくらんだ頰、透き通る肌に浮かぶ血管、艶々の歯茎《はぐき》、湿った掌の皺、小さすぎる爪、鎖骨のへこみ……。全身が完璧だった。Jが自分の目の前に立っている、というその事実に圧倒され、言葉をなくした。これほどの可愛らしさを創造するためには、きっと何かズルをしなければならなかったはずだ、と園長は信じた。

園長は長い時間事務用クリップに挟まれ、紫色に変色してずきずきと痛む耳たぶをさすりながら、もう何度思い返したか知れない、Jを抱っこした時の感触を蘇らせる。彼をJと呼ぶことに決めたのも、そのJという文字の形が、抱っこをせがんで飛びついてくる彼の姿によく似ていたからだったのに、なぜかJもいつしか子どもではなくなって、『子羊の園』を出ていった。

相変わらず窓の外は闇に満たされている。風のいたずらなのか瞬きのせいなのか、闇の向こう側がほんのわずか震えたように思え、園長は目を凝《こ》らす。黒子羊が夢でも見ているのだろうか。まるでJを抱きとめようとするかのように園長は両腕をのばし、その黒の中ほどに手を埋める。けれど掌には何の感触も残らない。掌の空洞に視線を落とし、吐息を漏らす園長のかたわらで、黒子羊は闇を見つめ、ひっそりとたたずんでいる。

自分には決して、〝ある日〟は訪れないだろう。ハミングを止め、園長はそうつぶやく。

「園長先生。お話を聞かせて」

幼すぎてまだ偉人伝のシリーズを読めない子どもたちは、しばしば彼女にお話をせがむ。床に腰を下ろし、膝を抱えたり、足裏を合わせて両脚でひし形を作ったり、人魚のように体を傾けて隣の子にもたれかかったりする。あるいはブラウスの袖口をしゃぶったり、足の指のにおいをかいだりする。彼らは小さな体でいくらでも、変化に富んだ形と仕草を生み出せる。

「さて、どのお話にしましょうか」

遊戯室《ゆうぎしつ》の真ん中に置かれた椅子に腰掛けると、子どもたちは一斉に身を乗り出し、目を輝かせ、たった一言でさえ聞き逃しはしない、という熱心さで耳を傾ける。園長は彼らを見回したあと、十分に間を取ってから宙の一点に視線を送る。子どもたちはその一点にお話が仕舞われているのだと信じている。園長は彼らが一番好きな、黒子羊の死に方のお話をする。

羊は争いごとの苦手な生きものです。そんな羊が身を守るために神様から授けてもらったプレゼントはたった一つ、逃げ足です。相手を打ち負かして何かを横取りしたり、威張ったりすることに羊は興味がありません。たとえ弱虫と馬鹿にされたって気にしないのです。潔く、迷いなく、ひたすらに逃げる。これのどこが弱虫なのでしょうか。

ですからその夜、野犬が襲ってきた時も、黒子羊は敵に背を向け、一目散に走りました。あいにくあたりは真っ暗でよく見えませんでしたし、プレゼントの逃げ足は、直線は得意でしたが曲がることには多少の欠点があったらしく、黒子羊は藪の中に突っ込み、更には勢い余ってその奥にある柵の隙間に挟まってしまいました。頭と前脚は向こう側に、お尻と後ろ脚はこちら側に、そして昼間たっぷり草を食べてパンパンに膨らんだ胴体は柵の板に挟まれて、どうにもこうにも身動きが取れません。更に運の悪いことに、生えはじめたばかりの角先がフックのようにがっちりと柵に突き刺さっています。動けば動くほど板が肉に食い込んで、肋骨がギシギシ音を立てます。それでも野犬に見つかっては大変だと思ったのでしょう。どんなに痛くても黒子羊は鳴き声一つ上げませんでした。

後ろ脚の蹄は湿った地面に埋まってゆき、その間、前脚は空しく暗闇を掻くばかりです。少しずつ血のめぐりが悪くなって、体は痺れ、痛みは頂点に達し、瞳は真っ赤に腫《は》れ上がって今にも爆発しそうなほどです。脇腹の皮膚は裂け、そこから膿《うみ》があふれ、柵を飲み込むように盛り上がってゆきます。汗と夜露で毛はぐっしょりと濡れています。

いつの間にか野犬はあきらめて去って行ったようです。だんだんお腹が空いてきます。喉《のど》はからからです。顔を上げても、絡まる小枝の間から、明けては暮れ明けては暮れを繰り返す空がほんのわずか見えるだけです。最後の力を振り絞り、黒子羊は舌をのばして鼻筋についた夜露をなめます。藪にすっぽり隠れてしまった黒子羊を助けに来てくれる人は誰もいません。

息絶えた黒子羊の、まず盛り上がった膿が溶け、やがて肉と内臓が腐って一緒にドロドロと垂れ落ち、膜や消化液や脂肪や筋や、そんなものたちが蒸発してゆきました。取り残された骨は、そうなってもなお毅然と柵に突き刺さったままの角を起点とし、藪の小枝や柵を巻き込みながら、全く新たな形に組み合わさってゆきます。そこに張り付いたりぶら下がったり絡まったりしている羊毛の名残が、更に魅力的なムードをかもし出しています。

黒子羊が行方知れずになったことなどとうに忘れ去られた頃、育ちすぎて日当たりの悪くなった藪が切り倒されました。その奥から何とも言えない物体が現れた時、誰もそれが元々羊の死体だったとは気づきませんでした。才能のある、しかし恥ずかしがり屋の芸術家がこっそりこしらえた作品だと思ったのです。黒子羊が自分自身を材料に、命がけで制作したその作品は、慎重に救出され、どこか遠い町の美術館に今でも展示されているということです。

お話を聴く子どもたちの体勢がさまざまであるのと同じくらい、黒子羊の死に方にもバリエーションがある。

皆よく知っているとおり、黒子羊には二本の角が生えています。このあたりには生息していない特殊な種類の羊です。頭のてっぺん付近から生えているそれは、体中のどの部分よりも美しい黒色をしています。顔の脇にぴったりくっついて（ほとんど睫毛の先に触れそうです）渦を巻くさまは、目立つのを恐れ、できるだけスペースを節約したがっているかのようです。

子どもたちはその角が大好きです。凶暴な感じがなく、それどころか愛嬌にあふれ、日に日に成長して形を変えるので毎日眺めていても飽きません。表面を撫でる、においをかぐ、両手で握り締める、筋の本数をかぞえる。遊び方はいろいろあります。黒子羊はされるがまま、ちっとも嫌がりません。もしかすると角の本来の使い道は、子どもたちの遊び道具なのではないかと思うくらいです。

中でも一番人気は何でしょう？　そう、角の輪の中に顔を近づけ、向こう側を覗き見する遊びですね。向こう側といってもすぐそこには、黒子羊の頭があるわけです。けれど子どもたちはまるで、角が魔法の覗き穴でもあるかのように胸をドキドキさせながら、額と頬を輪に押し当て、目を凝らします。

一体、何が見えますか？　そこは一面、吸い込まれそうな黒色です。ガリレオが望遠鏡で覗いた宇宙もきっと、同じようだったに違いありません。子どもたちが心ゆくまで遠い一点を見通せるよう、黒子羊はいつまでもじっと動かないでいます。

ある日、そう、偉人ばかりでなく黒子羊にも〝ある日〟は訪れます。ある日、夜が明ける前、黒子羊はこっそり柵から抜け出して森へ向かいます。まだ皆寝静まっていて、黒子羊の最後の姿を見送った者はいません。迷ったり振り返ったり立ち止まって草を食んだり、そういう余計なことは一切せず、ただ一頭だけで、森へ続く道をひたすら真っ直ぐに歩いてゆきます。少しずつ姿を現しはじめた太陽が、靄《もや》の中に黒い色を浮き上がらせます。その朝最初の光が、角を照らします。やがて後ろ姿は森の中に消えました。

最初に死体を見つけたのは森の番人小屋に住む老人でした。森の営みについて知り尽くしている、勇敢で賢者の老人でさえ、かつて一度も経験したことのない死体の姿に一瞬おののきました。黒子羊はのびすぎた自分の角に首を絞められて死んでいたのです。

そう長い時間は経っていないようでした。普段ほとんど誰も近づかない、森の北側、羊歯《しだ》が生い茂る奥まった窪地にそれは横たわっていました。脚はちぐはぐに投げ出され、口は半開きになり、濁った目は虚空《こくう》を見つめていましたが、苦しみの名残は見られませんでした。惨《みじ》めでも哀れでもありません。気高い死体でした、と老人は証言しています。

ぐるぐると何重にも渦を巻いた角は行き場を失い、左右両方から黒子羊の首元に忍び寄り、それでものびることを止められずにとうとう、首に巻きついていました。争いの苦手な大人しい羊の、どこにこれほどの力が潜んでいたのかと驚くほどに、顎の下で交差した二本の角は容赦《ようしゃ》なく首を絞め上げ、骨を砕き、息の根を止めていました。

もし子どもたちにこの角を持ち帰ることができたら、どんなに喜んだでしょう。大小さまざまな大きさの輪が、さまざまな向きに組み合わさり、一本それを持ってさえいれば、どんな世界だって覗き見できそうだったのですから。

一日の終り、園長は日誌を書いた。その日、子どもたちが食べたおやつ、日光浴と昼寝の時間、トイレを失敗した回数、散歩の行き先、うたった歌、汚したタオルの枚数、読んだ偉人伝のタイトル、お話しした黒子羊の死に方。すべてを記した。

園長室の本棚には開園以来つけてきた、数えきれないほどの日誌が一冊残らず収納されていた。最初の頃の日誌はすっかり色あせ、背表紙が押し潰され、不用意に触れると紙が粉になって舞い上がった。一冊一冊が離れがたく密着し合い、時間の地層になっていた。黒子羊の角に刻まれる筋とよく似ていた。鉛筆を置くと園長は、日誌を閉じ、それを地層の一番端に立て掛けた。

偉人でなくとも、羊でなくとも、やはり園長にも〝ある日〟は訪れた。園長が真夜中になぜそんな所を歩いていたのか、村人たちには見当がつかなかった。Jの歌を聴きに行った帰りだと知っている人はいなかった。園長は濡れた芝生に足を取られ、運河に滑り落ちて溺れ死んだ。外れたイヤリングが二つ、離れ離れになって斜面の途中に引っ掛かっていたが、それが園長の遺品だなどとは誰も気づかず、次々集まってくる野次馬に踏み潰されていた。ビーズはちぎれ、クリップは歪《ゆが》み、厚紙の黒子羊は土に埋もれていた。しかるべき調査のあと、遺体は運び去られた。午後、土曜日の遊覧観光船が通り過ぎる頃には、野次馬たちも姿を消し、人が死んだ気配はすっかり失せていた。

どんな葬儀であろうと、葬列というのは長いものと決まっている。うな垂れた者たちが一列に連なり、無言でゆっくりと歩めば、人数にかかわらずそれは長々とした印象を与える。どこへも行き着きたくないのに、仕方なく歩いているような、どこへ向かっているのか尋ねようにも言葉が上手く浮かんでこないような、茫洋《ぼうよう》としたその長さは、もしかしたら最後尾は世界からはみ出しているのではないだろうか、という不安さえ呼び起こす。

子どもたちは列の先頭を歩く。ブラウスも半ズボンも吊りスカートも黒で揃えられている。男の子は黒いハンカチーフを胸ポケットからのぞかせ、女の子は黒いリボンで髪を結んでいる。園長からお話を聞かせてもらう時のように、全員体を寄せ合って一かたまりになっている。死者は閉じた目で、生き残った者は伏せた目で、まぶたの向こうに透ける黒色を目印にしてそれについて行く。列に連なる村人たちは、鐘、写真、旗、壺、箱、自らに割り振られた品を注意深く手に持ち、目印を見失うのを恐れてよそ見もしない。

子どもたちは園にいる時と何ら変わりがない。ひとときもじっとはしていられないし、大きな声で笑ったり歌ったり奇声を発したりする。唾を飛ばし、嘘泣きをし、スキップをする。いつどんな場合であれ子どもは、子どもでいることから逃れられない。それでも、閉じられた死者のまぶたには、一点の曇りもない黒色で全身を満たした一頭の黒子羊が、くっきりと浮かび上がっている。

本当に黒子羊は行き先を知っているのだろうか。ふと村人たちは不安を感じるが、口に出して問いただす勇気は持てないでいる。子どもたちはたとえ自分がよく知っていることでさえ、それを言い表す術を持っていない。彼らが知っていることは、とても遠い場所に隠れている。例えば皆から忘れ去られた、生い茂る藪の奥や、羊歯に覆われた冷たい窪み。黒子羊が持つ二つの瞳でしか見通せない、遠い場所。子どもたちが口にできるのは、せいぜい偉人伝の文字だけだ。

ゆるゆるとした葬列は時に蛇行《だこう》し、転がる石にリズムを乱し、坂道を上り下りしつつも、止まる気配は見せない。やがて木立の間から海が見えてくると、黒子羊はそちらに頭を向け、角を宙に捧げ、まるで何かを懐かしむように瞬きをする。離れた二つの瞳が結ぶ、海の果てをじっと見つめる。風が少しきつくなってきたのか、村人たちの髪がもつれ、喪服の裾がなびいている。列の中にJがいるのかどうか、誰も知らない。

太陽が真上に近づくにつれ、黒色はより深みを帯びてくる。それに導かれて人々は、死者に相応《ふさわ》しい場所を目指してどこまでも歩いてゆく。

著者紹介

小川洋子（おがわ　ようこ）

1962年岡山県生まれ。早稲田大学第一文学部文芸科卒業。91年「妊娠カレンダー」で第104回芥川賞、2004年『博士の愛した数式』で第55回読売文学賞、第1回本屋大賞を受賞。同年、『ブラフマンの埋葬』で第32回泉鏡花文学賞、06年『ミーナの行進』で第42回谷崎潤一郎賞、13年『ことり』で芸術選奨文部科学大臣賞を受賞する。

鹿島田真希（かしまだ　まき）

1976年東京生まれ。白百合女子大学文学部フランス文学科卒。98年『二匹』で第35回文藝賞を受賞しデビュー。2005年『六〇〇〇度の愛』で第18回三島由紀夫賞、07年『ピカルディーの三度』で第29回野間文芸新人賞、08年『ゼロの王国』で第5回絲山賞、12年『冥土めぐり』で第147回芥川賞を受賞する。

白河三兎（しらかわ・みと）

2009年『プールの底に眠る』で第42回メフィスト賞を受賞しデビュー。12年『私を知らないで』が「本の雑誌増刊おすすめ文庫王国2013」でオリジナル文庫大賞BEST1に選出され、注目を集める。その他の著書に『ふたえ』『計画結婚』『他に好きな人がいるから』『無事に返してほしければ』などがある。

似鳥 鶏（にたどり　けい）

1981年千葉県生まれ。2006年『理由あって冬に出る』で第16回鮎川哲也賞に佳作入選し、同作でデビュー。『戦力外捜査官』はドラマ化もされ、ベストセラーに。その他の著書に『午後からはワニ日和』『きみのために青く光る』『名探偵誕生』『叙述トリック短編集』などがある。

東川篤哉（ひがしがわ　とくや）

1968年広島県生まれ。岡山大学法学部卒業。2002年光文社カッパ・ノベルスの新人発掘プロジェクト「KAPPA-ONE」第1弾に選ばれた『密室の鍵貸します』でデビュー。11年には『謎解きはディナーのあとで』が第8回本屋大賞を受賞、大ベストセラーになる。『館島』、「魔法使いマリィ」シリーズ、「平塚おんな探偵の事件簿」シリーズ、「探偵少女アリサの事件簿」シリーズなど著書多数。

本書は2016年2月に発刊された『どうぶつたちの贈り物』を改題し、文庫化したものです。

PHP文芸文庫　世にもふしぎな動物園

2018年11月22日　第1版第1刷

著　者　小川洋子　鹿島田真希　白河三兎　似鳥　鶏　東川篤哉
発行者　後藤淳一
発行所　株式会社PHP研究所
東京本部　〒135-8137 江東区豊洲5-6-52
第三制作部文藝課　☎03-3520-9620(編集)
普及部　☎03-3520-9630(販売)
京都本部　〒601-8411 京都市南区西九条北ノ内町11
PHP INTERFACE　https://www.php.co.jp/
組　版　朝日メディアインターナショナル株式会社
印刷所　図書印刷株式会社
製本所　東京美術紙工協業組合

ISBN978-4-569-76862-5

PHP文芸文庫

Wonderful《ワンダフル》 Story《ストーリー》

伊坂幸犬郎／犬崎 梢／木下半犬／横関 犬
貫井ドッグ郎 共著／友清 哲 編

「犬」にちなんだペンネームに改名（!?）した5名の人気作家が、「犬」をテーマに読切短編を競作。いっぷう変わった小説アンソロジー。

定価 本体六八〇円（税別）